U0036327

魔豆

魔豆

格雷森家，禁止異能魔法！
3
香草——著
Gene——插畫

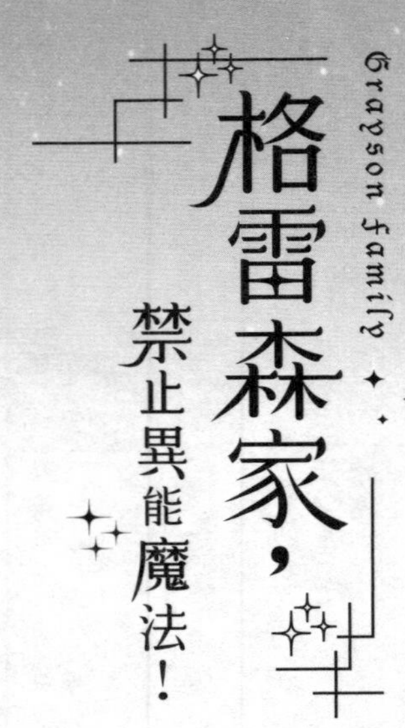

目錄

格雷森家，
禁止異能魔法！
人物介紹
馮
菲爾
蓋倫

安東尼
肯恩
維德

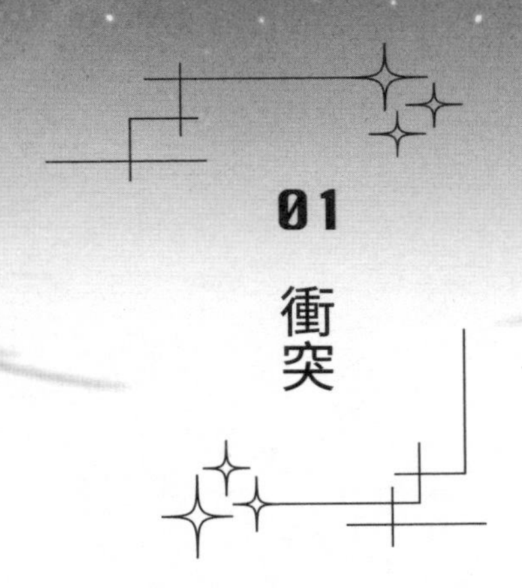

01

衝突

9．衝突

這是晴朗的一天，只要抬頭便能夠看見令人心曠神怡的藍天白雲。燦爛陽光照射下，即使是素來給人陰冷感覺的墓園也變得明亮起來。特別是格雷森家族高薪聘請了專業的守墓人，他們除了維持墓園整潔乾淨，在景觀上也有獨特見解。

經過專家的打理，格雷森家族墓園環境非常優美。特別在陽光明媚的日子，就連墓碑彷彿都泛著聖潔的光芒。

可惜再耀眼的陽光，也照不進身處此地的眾人心裡。無論是肯恩一行人，還是突然闖入墓園的維德，他們的內心烏雲密布，滿是沉痛與壓抑。

造成這一切的原因，便是眾人合力挖出的深坑中，那具充滿泥土氣味的棺木。

在維德認同的一聲「起棺」後，肯恩他們不再遲疑，用工具撬開了封釘。異能者體能較常人優越，肯恩雖是普通人，然而從沒停止過鍛鍊的他，力氣不弱。

只有菲爾早就累得拿不動工具了，因此他沒有加入開棺的行列。而是默默站在維德身旁，給予他無聲的安慰。

奧爾瑟亞敏銳察覺到菲爾對維德的善意，不禁有些疑惑。明明二人是初次見面，維德的處境確實很令人同情沒錯，不過相較於這個疑似實驗室產物的青年，奧爾瑟亞本以爲菲爾會毫不猶豫地站在肯恩那邊。

菲爾對維德的態度未免過於親近，雖然覺得奇怪，可奧爾瑟亞不會隨意用異能探聽他人心聲，因此只將這疑惑放在心裡，並關注著菲爾的動向。

肯恩幾人打開棺木後，映入眼簾的是躺在裡面的一具已經化爲白骨的屍骸。屍骸穿著的西裝對他們來說不陌生，這是肯恩親自爲「維德」挑選的衣物。西裝材質特殊，即使多年過去了，依然保持完整，肯恩一眼就辨認出來。

直面親人屍體，對肯恩他們很殘忍，值得慶幸的是，「維德」的屍體已經完全化爲白骨，至少不用目睹親人屍身腐爛的模樣。

骸骨仍維持著下葬時的姿勢，雙手交疊平放在小腹上，給人很安詳的感覺。

看著棺材裡兒子的屍身，肯恩咬了咬牙，心裡那微小的期盼終究破滅了。失望之餘，肯恩也因結果塵埃落定而鬆了口氣。確定了「維德」的情況，至少他們便不用一直被虛無的希望折磨。

當維德看見棺木裡確實躺臥著一具屍骸時，頓時面色煞白。即使心裡已經有所預感，然而親眼看到眞正的「維德」時，他還是感到了世界崩塌般的絕望。

所以他是誰？

那些充滿溫柔的記憶，那些構成他人格的所有美好與不美好的東西，全都是偷來的事物嗎？

維德木然地看著馮用早已準備好的探測工具檢驗棺木中骸骨的身分，看到探測結果顯示與記錄中的基因符合，證實了這具屍骸屬於肯恩的二兒子、眞正的

「維德」。

心裡一直壓抑著的負面情緒再次洶湧而出，他對「維德」感到嫉妒，甚至對肯恩等人心生怨恨。

明明我也是維德啊！

複製人與原主的基因是一樣的，即使用檢測工具進行測試，我也可以符合基因要求。

爲什麼你們寧可執著於一個死人，也不願意看看活生生的我？

想到自己同樣擁有「維德」的基因，也有「維德」的記憶，甚至擁有「維德」的感情……可重要的家人卻不願意承認自己，這令維德的情緒瞬間失控。

他好想破壞眼前的一切！

殺掉那些不願接納他的親人，破壞那具名爲「維德」的骸骨！

可是……爲什麼要這樣做？

腦海中代表理智的聲音掙扎著詢問了一句，維德的殺意稍微平息了一瞬，卻在怨氣的激發下變得更加猛烈。

哪有這麼多「爲什麼」？

發洩心裡的恨意與怒火，需要任何理由嗎!?

奧爾瑟亞最先察覺到維德的失控，她立即使用異能想安撫對方過於激烈的情緒。

然而在她的心靈異能觸及維德思緒的瞬間，奧爾瑟亞彷彿被重擊一般發出了痛苦的悶哼。盤踞在維德體內的怨氣就像嗅到血腥味的鯊魚，經由心靈連接迅速對奧爾瑟亞進行污染！

察覺到威脅，奧爾瑟亞當機立斷斷開與維德的連接。在她收回心靈異能的同時，猛烈的負面情緒也隨之消去。

雖然奧爾瑟亞的反應已經很快，但怨氣的入侵依舊令她頭痛欲裂。

心靈力量的接觸無形無相，一切只在瞬息之間，可柏莎還是從奧爾瑟亞的反應看出她被攻擊了！

心靈上的較量雖不見血，但比物理攻擊更爲凶險。要是心靈異能被反噬，奧爾瑟亞隨時會有變成傻子、植物人，甚至死亡的風險。

因此看到奧爾瑟亞痛苦的模樣，柏莎頓時急了。她一手扶著對方，一手摸向腰間，那束在黑色洋裝上、啞黑色的腰帶，竟在柏莎的拉扯下化成一條軟鞭，靈活地甩向身前的維德！

柏莎這一擊又快又準，完全沒有傷及站在二人之間的菲爾，軟鞭就像靈蛇般往維德抽打過去。

作爲體能弱雞，菲爾甚至看不清柏莎的動作，只見身邊閃過一道伴隨破空之聲的殘影，直至維德閃避後他才反應過來，焦急地揮手阻止：「你們別打了！」

可柏莎擔心奧爾瑟亞的狀況，在場人之中，會對她出手的就只有維德了。柏莎不知道維德怎樣傷到奧爾瑟亞的，亦擔心現在滿臉痛苦的她是否仍在遭受攻擊。

因此柏莎沒有停止進攻，她的想法很簡單，將維德的注意力引到自己身上，要是能把人打倒或抓住就更好了。

菲爾震驚地看著嬌小纖瘦的柏莎把手上的軟鞭舞得虎虎生威，攻擊過程中竟還帶有一絲彩帶舞的影子，動作間有種說不出的韻律。

雖然柏莎身姿靈巧又迷人，但可怕的破空聲、地面被抽打出來的凹陷痕跡，都顯示出這鞭子的可怕。要是被不知何種材質製成的軟鞭抽中，只怕不僅皮開肉綻，連骨頭也能夠打斷！

最恐怖的是，軟鞭舞動的軌跡忽快忽慢、難以捉摸，完全違反正常的物理學，牛頓的棺材板都要壓不住了！

這是柏莎異能的效果，只要是她觸及的物件，便能暫停、倒退、加速它動作的時間。雖然最長的干預紀錄只有短短十秒，若是操縱活體則更短暫，然而這項異能在戰鬥中往往能達至奇效。

與偽裝成普通人的馮他們不同，柏莎的異能者身分是公開的。只是她在異能申報上卻作了假，對外公開的異能是開玩笑似的念力彎湯匙。

畢竟她的興趣是體操，偶爾會參加一些體操比賽。異能者的體能比普通人強悍，要是她去參加普通人級別的比賽，那對其他選手太不公平了。

因此柏莎不用像馮他們那般，因爲要僞裝成普通人而束手束腳。再加上念力彎湯匙雖然只是幌子，可她眞正異能的效果看起來就像是平空移動鞭子，與她申報的異能非常類似。

菲爾雖然不是柏莎所以爲的普通人，可法師的動態視力與普通人沒有區別。以他連軟鞭的軌跡也看不清楚、完全不知鞭子到底要打哪的情況，想要阻止戰鬥根本無從出手。

菲爾心很累。他覺得自己就像在男一、男二之間阻擋的八點檔偶像劇女主，只能盡力擋在二人之間，徒勞無功地大喊：「你們別打了，有話好好說！」

維德情緒本就失控，此時也被柏莎打出了火氣，竟從腰間摸出一把手槍！

這把手槍與機車一樣都是從幫派奪來的物品，身爲眞正能夠以念力移物的異能者，即使是一片落葉，在他的操控下都有著不弱的攻擊力，更別說能奪人性命的子彈了。

在怨氣影響下，維德的怒火淹沒了理智。柏莎只是想抓住並教訓對方一頓，可維德卻是眞的生出了殺心！

見維德掏出手槍，菲爾眉頭緊皺，立即察覺到要出事了！

他顧不得這麼多，滿心只想阻止對方做傻事，便直接撲了過去。所有人都猜不到菲爾會突然做出這麼瘋狂的舉動，格雷森家的眾人因爲菲爾的輕率嚇得心頭狂跳，柏莎則是連忙把甩向菲爾背部的軟鞭撤回。

至於維德……對於由始至終都在維護自己的菲爾，即使情緒失控，他潛意識仍把對方歸爲無害，動作遲滯了片刻便被菲爾一把抱住！

不管不顧地成功攔腰抱到人後，菲爾立刻發動手上的魔法飾物。今天前來掃墓的他穿了一身黑，佩戴在身上的魔法飾物也不例外，全都是低調的黑色。像這枚黑色袖釦，上面鑲嵌的正是烏雞翡翠。

在翡翠能量的籠罩下，張牙舞爪的怨氣不甘似地扭動幾下後，再次隱沒到維德體內，他的一身殺氣漸漸被安撫下來。

菲爾總算鬆了口氣，雖然還有很多事情尚未解決，但喚回維德的理智是最重要的一步。

相較放鬆下來的菲爾，其他人則處於驚恐狀態——他們都被菲爾突如其來的魯莽嚇死了！

蓋倫甚至想要使用異能救回菲爾，卻在出手前被馮拉住：「等等！維德沒有攻擊菲爾，現在別刺激他。」

維德與菲爾距離太近了，只需一瞬便能取菲爾性命，就連原本與維德交手的柏莎都不敢動。

身爲紛爭的起因，奧爾瑟亞一直想找機會打斷雙方。見他們因菲爾的介入停了手，奧爾瑟亞強忍不適上前拉住了柏莎：「我沒事……別打了。」

但奧爾瑟亞的狀態看起來非常糟糕，只見她臉色煞白，行動時搖搖欲墜，似乎下一秒便要暈倒，完全不像沒事的模樣。

柏莎連忙收起軟鞭，扶住站不穩的對方。鞭子在她手中如臂使指，輕巧纏上她的腰間，再次變回平平無奇的腰帶。

看到柏莎偃旗息鼓，維德也沒有與她繼續對抗的意思，垂下了對著她的槍口。此時菲爾依然死死抱住維德，就怕他衝動之下做出任何會後悔終生的錯事。

維德比菲爾稍高一些，垂下眼簾便能看到菲爾毛茸茸的頭頂。環抱著自己的手臂抱得很緊，卻非常溫暖。

這還是維德初次與這個新認識的弟弟如此親近……

即使在新聞中得知「自己」的死訊後，對眞相已有所預感，他還是義無反顧地前往墓園，去尋找他的家人。

然而他思念的親人卻寧願守著白骨，也不願意承認與接納他。

反倒是菲爾，自始至終都在護著他。

雖然菲爾曾對他有所隱瞞，可維德不得不承認這些謊言的出發點都是爲他好。

在所有人都在防備他的時候，只有菲爾嘗試把他護在身後……雖然對方的保護也沒啥用處就是了……維德腦海中不合時宜地閃過各種提升敏捷度的訓練方式，想著往後一定要好好讓菲爾練習。

法師不擅長近戰沒關係，但至少閃避要點滿啊！

想著菲爾的訓練計畫，原本心灰意冷的維德內心彷彿再次被點燃了火花，找到一絲繼續往前走的動力。

這個弟弟傻乎乎的，他實在放心不下啊！

何況有菲爾在，他就有願意接納他的家人，也有一個可以回去的地方……

維德拍了拍菲爾的頭，道：「放鬆點，你快要勒死我了。」

這話當然不是眞的，以菲爾的臂力，別說勒死他了，連痛都沒有，頂多是稍微有些呼吸不順罷了。

維德舉起手的瞬間，肯恩等人的呼吸緊張得停了一瞬，深怕下一秒菲爾會命喪在這陰晴不定的複製人手中。

看到肯恩他們的反應，維德心裡只感到悲涼，同時把對家人的執著與眷戀強行壓在心底。

菲爾放開維德後，對「回家」徹底死心的維德不再猶豫，轉身便要離去。

「等等！」肯恩喊住了維德：「你沒必要離開，孩子，你需要幫助。」

即使眼前的青年不是眞正的「維德」，肯恩仍然無法放下他不管。

於公，一個立場不明的強大異能者須被監管。於私，維德很有可能是某祕密研究所的產物，肯恩想要從維德那裡獲取更多資訊，同時也想保護他的安危。

然而他們剛才的反應已傷透了維德，至少在怨氣完全清除前，他都不想再與他們接觸，以免被牽動負面情緒而失控。

何況維德一點兒也不想被他們監控，他可以想像要是跟隨肯恩走，最後不外乎是一連串身體檢查，然後被連番追問他所知道的資訊，接著被視爲危險人物般「保護」起來。

維德不希望自由遭受控制，既然對方沒有將他當作親人，那便沒有留下來的必要了。於是維德無視肯恩的邀請，逕自走向機車。

看到維德要離開，肯恩便想追上去。菲爾見狀頓覺不好，別看維德現在壓制了怨氣的影響，可其實他依然像個隨時會爆炸的危險炸彈。

萬一維德被肯恩不依不撓的舉動激怒，很有可能會再讓怨氣有可乘之機，失控之下傷到柔弱的父親！

雖然肯恩身上戴著菲爾送的魔法飾物，能夠爲他擋住致命攻擊，可菲爾還是無法眼睜睜讓肯恩冒險。

維德離開的態度很堅決，完全不想搭理肯恩，菲爾擔心肯恩不怕死地硬要擋住對方的去路。

想了想，他小跑著上前，向維德說道：「這機車不錯，我想坐坐看。」

說罷，不待維德答覆，率先跳上了機車後座。

菲爾的想法很簡單，他要貼身爲維德護航，讓他離開的道路暢通無阻。要是肯恩攔路，那他便偷偷用魔法將人挪開。

肯恩看到菲爾的動作，立即停下追上的步伐。他之所以在維德拒絕後還固執追上，其實是故意挑動對方的情緒。

從維德與柏莎之間的互動，肯恩察覺到維德的情緒波動很大，他不知道這是否是複製的副作用，便想試探一下維德的底線。

可現在菲爾突然上了維德的車，肯恩投鼠忌器，不敢再說出任何會刺激維德的話了。

肯恩此刻的顧忌，與剛剛菲爾心裡的擔憂無限貼近：萬一維德再次失控，傷到柔弱的菲爾怎麼辦？

維德被肯恩纏得煩了，現在有了菲爾這麼好的「人質」在手，自然是不用白不用，便豪爽地應允：「好，我載你出去兜風。」

說罷，維德跨上重機，機車如野獸般發出一聲怒吼，氣勢磅礴地往前衝。慣性讓菲爾差點摔出去，連忙抱緊身前的維德。

看著機車消失在視線中，安東尼有些擔心地詢問：「就這樣讓菲爾跟著『那個人』離開，沒關係嗎？」

「他不會傷害菲爾的。」雖然只有短暫的接觸，但已讓肯恩對這個複製人建立了初步的側寫。他的性格與「維德」一模一樣，情緒雖然容易失控，但只要不刺激到對方，肯恩相信他不會傷害無辜。

既然維德盛怒下也沒有傷及菲爾，那現在更不會傷害他。與其冒著激怒他的風險去阻止，倒不如順了菲爾的意，放他們離開。

何況，他也不是完全放任菲爾胡來的。

肯恩稍微推起襯衣的衣袖，露出戴在左手的手錶。只見手錶鏡面投射出一幅地圖，一顆紅點正在地圖中移動。

鮮有人知道，肯恩那些象徵財富與地位的名錶全都經過改造。看似復古的機械錶，可其實每支都等同於微型電腦，智能管家阿當能夠隨時提供協助。

蓋倫驚訝地盯著代表維德與菲爾所在位置的紅點，詢問：「追蹤器什麼時候裝上去的？」

馮微微一笑，深藏功與名。

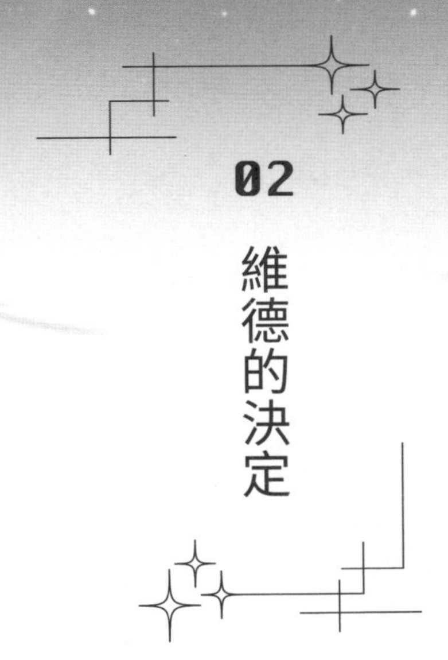

02 維德的決定

然而道高一尺、魔高一丈，肯恩他們利用追蹤器探尋維德藏身之處的計畫很快便夭折了。

機車離開墓園後，維德沒有立即返回西區的安全屋，而是找了個沒有監控的隱蔽角落停下。

他仔細打量菲爾一番後，在對方褲管與鞋跟找到幾枚迷你追蹤器！

「這是什麼？」菲爾看到維德從自己身上取下來、只有黃豆大小的金屬粒，驚訝得雙目都瞪圓了。雖然不知道這是什麼，但直覺不是什麼好東西。

維德道：「這是追蹤器，除了能追蹤位置外，還有竊聽功能，也許現在正有某個變態在偷聽我們的對話。」

說罷，維德便把這些追蹤器丟到地上用力踩破。想到正在偷聽的肯恩等人說不定會被破壞追蹤器時的刺耳聲響嚇到，維德忍不住勾起嘴角。

菲爾瞪圓雙目，道：「這是……父親他們放上去的？可這怎麼可能？我說要跟你走的時候，沒有其他人碰過我啊！」

仔細回想一遍，菲爾依舊想不到這些追蹤器是什麼時候放到自己身上的，而且還是黏在鞋跟與褲腳這些外人難以碰到的奇怪位置。

不同於一直誤會家人是普通人的菲爾，維德不僅知道馮他們都是異能者，更清楚每個人的異能是什麼。因此看到這些追蹤器的位置時，便知道十有八九是馮利用影子放上去的。

維德一直防備著他們，因此馮無法對他下手。不過菲爾這傢伙傻乎乎的沒有絲毫戒心，追蹤器絕對是一個放一個準。

這也是爲什麼維德離開墓園後，立即仔細檢查菲爾。

看！這不是搜出東西來了嗎？

除去追蹤器後，維德不再遲疑，載著菲爾回到了安全屋。

再次回到這處甦醒後便一直居住的地方，維德不由得有些感慨。當時他還認爲這裡只是短暫停留的居所，可現在看來，也許會在這裡住上一段時間了。

他終究……無法回到那個家了……

雖然肯恩邀請維德跟他們回去，可那是作爲一個有危險性的客人帶回去監控，並不是以家人身分歡迎他。既然如此，維德寧可與他們劃清界線。

維德咬了咬牙，不讓自己繼續沉淪在悲傷裡。人總要向前看，是時候想想自己往後該怎麼辦了。

他想起不久前爲菲爾制定提升敏捷度的訓練，決定完善訓練計畫後，把它當作住在這裡的房租。

另外維德還定下一個目標：掘地三尺也要把研究所的幕後黑手找出來，給「自己」報仇！

維德可不認爲研究所製造了自己，自己就要對這位創造者心懷感激。別說那些人的做法完全違背道德，光是自己繼承原主所有記憶的這件事，便讓他非常懷疑是他們殺死了「維德」。

四捨五入，維德也相當於被研究所殺死了一次。因此無論公私，他都無法容許這個研究所繼續存在。

雖說這個研究所引起了政府的注意，又受到特警組打擊，看起來已不成氣候。也許再過一段時間，逃跑的人也會相繼落網了吧？

但維德無法就此不管、放下這件事。

仇總要親自報才爽，不是嗎？

回到安全屋後，菲爾想起之前一直隱瞞維德不少事情，不由得有些心虛，並且已經準備好被對方質問。

結果維德卻沒有理會他，自顧自地陷入了沉思。菲爾不敢催促，當維德總算理清思緒往他看去時，觸目便是乖巧垂首站在自己面前的少年，看起來活像做錯事、等待老師發落的小學生。

維德：「……」

菲爾這副模樣實在可憐又可愛，維德都有些不忍責備了。

而且仔細想想，菲爾的隱瞞情有可原。事實證明維德偷偷溜出去後，便因爲連串打擊被怨氣乘虛而入。要不是菲爾極力阻止，情緒失控的他說不定會與肯恩他們不死不休。

維德一直以爲自己能夠憑意志力壓抑怨氣的影響，可還是托大了。這次是很深刻的教訓，對於阻止自己在衝動下犯錯的菲爾，維德其實相當感激。

不過感激歸感激，菲爾確實隱瞞了對他很重要的事，維德不打算輕輕帶過。即使他諒解菲爾的選擇，該說的話還是得說。

「菲爾，我認爲複製人的事情關乎我的切身利益，我有權利知道眞相。雖然你的出發點是爲了我好，可不代表我應該被蒙在鼓裡，一無所知地期待著與親人重聚。」維德道。

雖然維德這番話說得並不嚴厲，甚至出乎菲爾意料地心平氣和。可對方沒有罵他，而是選擇平靜地與他講道理，反而讓菲爾更加內疚了。

「對不起……我只是、只是想等怨氣全部消除後再告訴你……」早就準備好等著維德的責備，幾乎對方一說完，菲爾便立即向他鞠躬道歉。態度乾脆又誠懇，要打分的話絕對能給滿分。

「好吧，我原諒你了。」

「誒？」原本菲爾還有很多想解釋的話，結果才剛道歉，對方便輕易原諒了自己，感覺特別不眞實。

看見菲爾呆愣、還未反應過來的模樣，維德又無奈又好笑，他似乎總拿這個傻乎乎的弟弟沒辦法。

維德拍了拍菲爾的肩膀，道：「反正這次我也騙了你，偷偷跑出去，我們算是扯平了。」

菲爾聞言，這才想起那道被維德破壞的魔法屛障，連忙詢問：「你是怎麼出去的？」

維德拿出菲爾爲他加持魔力的戰術軍刀，道：「我用它的力量破開鑽石屛障，鑽石能夠切割鑽石，不是嗎？」

菲爾接過軍刀研究了一番，上面的魔力迴路已被維德更改，讓牢不可破的護盾變成了無堅不摧的利刃。

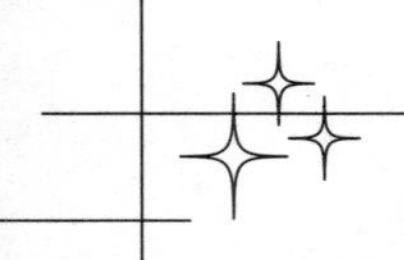

雖然這種魔法迴路的小改動算不上驚才絕艷，甚至只是在菲爾原本的魔法上進行變更。可維德是個才剛踏入魔法之門的菜鳥，那便顯得有些驚人了。

維德聰明地想到了魔法屏障的漏洞，引導菲爾爲他的軍刀附魔，再利用自己少得可憐的魔力改變軍刀的魔法迴路……連串操作讓菲爾不得不驚歎大佬就是大佬，即使魔法天賦不高，也能把一分的優勢變成十分。

抱持著對大佬的敬畏，菲爾雙手捧起軍刀，態度恭敬地把它還給維德。

接過軍刀的維德：「？」

完全不知道這小子又在抽什麼風，對不上傻弟弟腦迴路的我眞的太難了……

而且他的動作雖然很恭敬，但臉上卻冷冰冰的沒啥表情，反而顯得好跩呀！

感覺有點不爽。

維德並不知道，他不爽的點與蓋倫驚人地同步了。蓋倫與菲爾初次見面時，同樣覺得菲爾那副冷冰冰的表情很跩。

不……剛回歸格雷森家時，菲爾態度更差。因爲不習慣與人聊天，他在對話時經常只會回一聲「嗯」，每次都能讓蓋倫感到超級不爽。

相較之下，菲爾現在話變得多了起來，雖然看起來仍冷冰冰的，態度卻沒那麼氣人。

交還軍刀後，菲爾詢問維德：「往後你有什麼打算？」

維德道：「當然是報仇了。無論是殺死『我』的人，還是研究所那些逃掉的傢伙，我一個都不會放過！」

菲爾聞言點了點頭，雖然研究所被毀，但很多高層都逃掉了。比如那個主導維德實驗的博士，研究所出事時他不在那裡，應該沒有被異能特警抓捕歸案。既然維德已經知道複製人的眞相，菲爾也不再瞞著他，把自己在研究所裡的所見所聞詳盡地告訴對方。

聽過菲爾的話，維德這才知道博士的存在，也認爲博士是個很好的突破口。畢竟在菲爾的形容裡，博士在研究所有很高的權限，說不定正是研究所的領導者。

何況複製「維德」的實驗由他主導進行，他很可能就是當年利用實驗體作爲誘餌、圍殺「維德」的幕後黑手。

即使「維德」的死亡不是博士主使，他也必定知道一些內幕。因此維德對菲爾口中的博士非常關注：「仔細說說那人的模樣。」

菲爾道：「我直接給你看吧！」

說罷，菲爾拿出一顆水晶球，注入魔力後，水晶球中浮現出他看到博士時的相關影像。

維德不禁感嘆：「魔法還眞好用。」

菲爾聞言點了點頭。雖然現代科技在很多方面能取代魔法的效果、甚至更加出色，但魔法的確有它的獨特與神奇之處。

「你想對付研究所的話，我也可以幫忙……雖然我打架沒有你那麼厲害。」菲爾毛遂自薦。

另外菲爾還很好奇，維德到底是怎樣的人……不是眼前這位，而是死掉的那個「維德」。

憑他們很強沒錯，經常在家裡舞刀弄劍的，可這與眞正的戰鬥不同。菲爾親眼見證過維德在戰鬥時出手有多狠，他顯然很習慣殺戮。如果說他的戰鬥技巧來自於「維德」，怎樣想都不正常。

哪個富家公子會像維德這樣單槍匹馬殲滅一隊作戰部隊？

可別告訴他，是因爲經常被綁架而鍛鍊出來的……

既然維德已經知道了他的法師身分，現在兩人又是一起對付邪惡研究所的隊友，菲爾便不再猶豫，直接提出心裡疑問，並且還猜測道：「你是不是殺手？」

維德被菲爾的猜測逗笑了，也沒有隱瞞菲爾的打算。現在維德已不是特警組的成員，不受保密規條約束。不過出於道義，他不會將其他特警組同伴的身分告訴別人。

於是他笑道：「放心，我不是殺手，我曾是異能特警的一員。」

菲爾聞言瞪大雙目，即使他很少關注普通人的時事，可還是對異能特警這個特殊職業有所了解。

不說別的，逃離研究所時菲爾便曾碰上一個。

難怪維德這麼習慣生死存亡的戰鬥，也難怪他這麼強，細胞樣本還被博士如此看重。

要是讓博士成功複製死去的特警組成員，便能夠從繼承原主記憶的複製人口中拷問出各種重要情報。

想到這裡，菲爾頓時後怕不已。

幸好他把維德成功救出來，要是讓他落在研究所手中，只怕會求生不得，求死不能。

「父親他們知道嗎？」菲爾問。

「知道。」維德有瞬間的衝動，想把肯恩他們的身分一併告知菲爾，不過最後還是沒有說出來，默默爲他們保守著祕密。

維德有點不甘心，又有些委屈。明明那些傢伙都不承認他是家人了，可自己還是幫他們隱瞞身分，想想眞不爽。

可轉念一想，維德很好奇肯恩他們到底能夠瞞菲爾多久。

到底是菲爾的法師身分先曝光，還是肯恩他們的異能特警身分先被察覺？

無論哪方先被發現，場面應該都會很有趣吧，維德還挺期待的。這麼一來，突然又有了幫肯恩他們隱瞞身分的動力了呢！

見維德神情變幻莫測，菲爾有些疑惑地歪了歪頭，不明白對方爲什麼突然出現這麼強烈的情緒波動。

難道怨氣又反噬了嗎？

菲爾連忙上前握住維德的手，魔力遊走一圈後，確定對方情況尚算穩定，這才鬆了口氣。

不是怨氣的問題，是提及肯恩他們，所以不高興了？

雖然維德最後又高興起來，菲爾卻認爲他只是在強顏歡笑。不擅言辭的他努力想安慰對方，結果想了好一會，說出口的只有乾巴巴的一句：「沒關係，我會幫你的……」

菲爾的話並不動聽，可是充滿眞誠。看到對方信誓旦旦地要幫自己的模樣，維德感到很溫暖。雖然他失去了肯恩他們，卻有了新的家人。

維德這個人很實在，別人待他好，他也會發自內心地爲對方著想。可惜菲爾也許未必會因此高興吧，因爲維德對別人好的方式也很實在，就是想盡辦法訓練對方！

有什麼比自身變得強大、提升生存能力，更有用呢？

於是在菲爾不好意思地想要鬆開手之際，維德反過來握住了他的手：「讓我們一起努力吧！我想多了解魔法界的事情，也希望你能提供一些魔法道具給我。同樣地，我發現你的敏捷度不夠，警覺性也還有很多不足之處，明天開始會好好訓練你的！」

菲爾默默看著被維德握住的手：「……」

咦咦？

我不是已經出師了嗎？還要再訓練喔？

想到之前在維德的訓練下，他揮灑了前所未有的汗水，以及訓練時維德認眞又嚴格的態度，菲爾感到眼前陣陣發黑。

到底是什麼刺激到維德了？因爲我沒有發現到那些追蹤器嗎？

菲爾氣鼓鼓地在心裡把那個將追蹤器放到自己身上的人罵了一遍，肯恩、馮、蓋倫……墓園中眾人的臉孔在菲爾腦海逐一浮現，菲爾苦苦思索著害他的人到底是誰！

◇◇◇

把追蹤器貼在菲爾身上的始作俑者馮，並不知道自己正被菲爾在心裡怒罵。

不過即使菲爾當著他的面罵，以少年那說來說去都是「太壞了！眞的很壞！」的貧乏詞彙，只怕也難以讓馮感到生氣，甚至還會覺得很好笑。

此時馮正揉著耳朵，一臉痛苦，不久前維德故意弄壞追蹤器的時候，他們正監聽著二人的對話，突然被機器破壞的尖銳聲響嚇了一跳。

當時馮為了能更好地收音，還用耳機偷聽，結果報應立刻到來。即使已過了一段時間，他的耳朵依然嗡嗡作響。

難得沒有恥笑馮狼狽的模樣，同樣被維德陰到的蓋倫不高興地說道：「那個冒牌貨絕對是故意的！」

複製人繼承了「維德」的記憶，自然知道他們不是普通人，會防著他們追蹤他的行蹤。這也是為什麼馮選擇對菲爾下手，而不是直接將追蹤器黏到維德身上。

只是想不到對方這麼敏銳，該說不愧是維德嗎？

此時眾人已經返回格雷森大宅，奧爾瑟亞與柏莎也一起來到了位於地底的祕密基地。

肯恩詢問阿當：「能追蹤到菲爾的手機嗎？」

阿當那帶著電子感的嗓音響起：「很遺憾，手機的訊號被屏蔽了。」

這結果同樣不意外，反追蹤是每個異能特警的必修課，維德在這方面更是有著卓越天賦的佼佼者，大約是菲爾的手機被他做了手腳。

肯恩詢問阿當：「衛星影像呢？」

財大氣粗的格雷森家族擁有幾枚私人衛星，當維德在墓地出現時，阿當便利用衛星監視他的行蹤。

「抱歉，他們在破壞追蹤器後便突然消失了。」阿當回答的同時，螢幕也顯示出稍早前來自衛星的影像。

格雷森企業擁有最先進的科技，他們的私人衛星清楚記錄了維德與菲爾離開時的場景——機車才剛出墓園便遇上蹲守在外的記者，有幾個膽大的甚至試圖阻攔他們。不過這些原本有恃無恐的傢伙在看到維德完全沒有減速跡象後，全都慌慌張張地往兩旁避開。

不得不說，平常快被記者煩死的肯恩他們看到這一幕，皆不約而同在心裡為維德喝采，蓋倫甚至還笑出了聲。

新聞自由的確很重要，可對於那些以挖掘名人隱私、加油添醋地寫出各種不實報導的狗仔，他們沒有任何好感。

維德離開時場面混亂，可肯恩還是看到有幾名記者舉起了相機拍攝，便問：「有記者拍到他們的臉嗎？」

阿當輕易入侵了這些記者所屬的公司，迅速找到相關相片並放映出來：「沒有拍到正面。機車速度快，大部分照片模糊不清，只有這幾張勉強拍到他們的背影，須將照片收購回來嗎？」

肯恩仔細看了看照片，確實沒有拍到二人的容貌，便道：「不用了。」

阿當將照片撤下，繼續播放衛星拍到的影像。

只見重機越過記者群後，在一處沒有監控的位置停下，隨後維德把菲爾身上的追蹤器全部取出下來踩爆。

再然後……便沒有然後了。

二人連同機車的身影，竟突然消失無蹤！

阿當的嗓音再次響起：「從他們消失至今，還未能再次搜尋到他們的身影。」

馮下意識托了托眼鏡，道：「把他們消失前十秒的影像慢速播放看看。」

阿當聞言照辦，便見影片中二人在消失之前，維德上前拊在菲爾耳邊似乎說了什麼。

雖然聽不到聲音，但這難不到肯恩他們，讀唇也是異能特警的必修課。可是維德顯然知道這點，說話時故意遮住嘴巴，令人看不出他到底說了什麼。

然後過了幾秒，二人便消失了。

蓋倫摸了摸下巴，道：「是瞬移？還是隱形？」

安東尼覺得二人突然消失的模樣很有既視感，想了很久才想到在哪見過：

「他們能夠平空消失，令我想起之前在追查的法師。」

同樣覺得這一幕很眼熟的肯恩等人，全都露出恍然大悟的神情。

難道維德……就是他們正在追查的「法師」!?

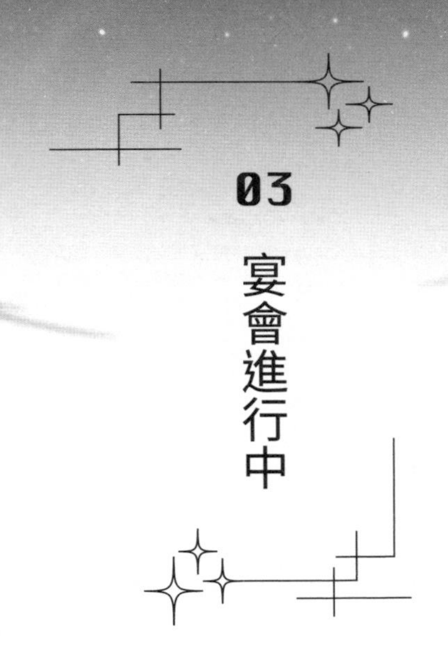

03

宴會進行中

打破約定外出的維德，情緒在激烈波動下受到怨氣反噬，令他原本即將結束的治療不得不延長一段時日。

維德再三保證會乖乖留在安全屋進行治療，怨氣完全消除前絕不離開後，菲爾這才放心離開。

看到菲爾打算直接騎著魔法掃把回家，維德嘆了口氣，立即將人攔了下來。現在肯恩他們一定試圖用衛星定位他與菲爾的位置，維德猜測對方應該已經看到他們消失的一幕。

這也沒什麼，菲爾回家後謊稱維德有個可以把人隱形的幫手就好了。可菲爾不能直接出現在家裡，要是被肯恩他們知道維德的幫手能在格雷森大宅自由進出，必定會大大加強大宅的保安，到時菲爾想再溜出來就難了。

於是菲爾在維德的建議下，騎著魔法掃把降落在市中心一處沒人的地方，把掃把收回水晶空間後再打電話給伊莉莎白，請她派司機接他回家。

打電話給伊莉莎白時，菲爾看見手機有一堆來自家人的未接來電，嚇得手一抖，差點把手機摔了。

坐車途中菲爾完全不敢回家人的電話，這次他的行爲看在肯恩他們眼中，大約是叛逆又作死吧？

回家後，說不定會被狠狠責罵一番……

菲爾不後悔選擇保護維德，只是想到可能會迎來的責備，他便鴕鳥地想要逃避。因此他沒有回任何訊息，心想要罵等他回家再罵吧……

當菲爾戰戰兢兢地踏入家門，立即被迎面跑來的安東尼一把抱住：「菲爾你沒事吧？你竟然眞的跟維德離開，太冒險了！要是他對你不利的話怎麼辦？」

菲爾被安東尼的熊抱嚇了一跳，愣了半晌，這才小心翼翼地伸手回抱對方：「我沒事……抱歉讓你擔心了。」

過了一會，安東尼這才平復了心情地放開菲爾，邊拉著他前往客廳，邊數落：「沒事就好，不過下次不要再這麼衝動了！」

菲爾「嗯」了聲，隨即看到家裡的其他成員，甚至連奧爾瑟亞與柏莎都在客廳等他，一副三堂會審的架勢。

這立即勾起菲爾看到連串未接來電時的恐懼，心裡頓時直打退堂鼓。要不是被安東尼拉住，他都想要拔腿逃跑了！

看見菲爾垂頭喪氣地被安東尼拉著進入客廳，蓋倫嘲諷道：「怎麼？還知道怕了？跟著那個冒牌貨走的時候，你不是很勇嗎？」

「他要開槍的時候，你竟然撲過去阻止，就不怕危險嗎？要知道柏莎是個異能者，她有自保能力，可你只是個普通人！」馮也皺起眉頭責備：「最後你是故意把人放走的對吧？為什麼要這樣做？」

「我只是覺得維德……那個人不是壞人，而且我不希望你們打起來……」菲爾邊解釋，邊可憐兮兮地看了看肯恩，希望這位素來很好說話的大家長能夠拯救他。

雖然菲爾的樣子很可憐，可是肯恩沒有慣著他。這次菲爾真的太冒險了，幸好維德沒有壞心，這才能夠完好無缺地回來。可不是每次任性，結果都能這麼幸運。

於是任由蓋倫他們把菲爾數落一頓，肯恩在菲爾震驚的注視中接力。肯恩不會用家長的身分壓人，也沒有特別嚴厲地怒罵或體罰，而是有憑有據地向菲爾分析利弊，這種態度反而容易讓孩子信服。

肯恩不只有指責，也坦言菲爾的行爲令他們非常擔心。到最後看菲爾內疚得快要哭了，顯然已深刻反省，這才放過了他。

這不代表事情已經結束，菲爾跟隨維德離開一事算是揭過，但他們不會放過任何有關維德的情報。

與維德一起離開墓園、極有可能知道對方藏身地點的菲爾，自然成了被問話的對象。

菲爾對此早有準備，並就此事與維德商量過。維德讓菲爾不要說太多謊言，以免多說多錯。被問及任何不能說的問題，直接告訴對方不想說就好。

於是被問話時，菲爾就變成了一塊難啃的骨頭。他雖然有問必答，可每被問及維德的行蹤與藏身地等隱私時，便會表明自己不想說。

不過眾人還是從菲爾口中獲得不少有用的資訊，比如維德有個能夠讓人隱形的朋友，只是菲爾說不知道那人是誰，因爲隱形人一直沒有顯露身影。

肯恩等人：「……」

所以說維德不是法師，眞相是他跟法師組隊了？

又比如菲爾知道維德曾是特警組成員，卻不知道他們也是其中一員。甚至與維德打得有來有往的柏莎，菲爾也覺得沒什麼大不了的，她是個運動員啊！

聽到菲爾對自己的評價時，柏莎笑得肚子都痛了。她邊笑邊讚揚菲爾眼光獨到，解釋異能者的體能比普通人出色，韻律體操又經常需要練習舞動絲帶，因此她能夠揮動軟鞭實在非常合理！

這番話的槽點太多，偏偏菲爾就是信了。

這讓肯恩他們的表情有些複雜，雖然菲爾這麼好騙眞的挺方便他們行動，但良心有點痛啊……

從菲爾這些離譜的誤會裡，眾人能夠感受到維德的善意。即使不被他們接納，可對方仍願意爲他們隱瞞身分。

說不感動是假的，可維德的存在代表的嚴重性令他們無法心軟。在菲爾不知道的時候，他們已發出對維德的追捕令。

雖然消息只在異能特警中流傳，並沒有公開，但維德無疑已上了特警組的通緝名單。

菲爾被眾人輪番追問得淚眼汪汪，被放過時已筋疲力竭。

今天發生了很多事，奧爾瑟亞與柏莎不好意思留下來打擾，確定了菲爾的安全後便向眾人告辭。

與客人道別後，被罵怕的菲爾立即躲回房間，那副幹了壞事後心虛逃跑的模樣再次逗笑了蓋倫：「他那副表情真的太好笑了！我說這程度的責罵怕什麼，當年我幹壞事時被罵得更狠，可下次還敢！」

馮瞪了莫名驕傲的蓋倫，道：「你還自豪上了？難道菲爾要像你那麼頑皮叛逆才好嗎？」

眼看馮與蓋倫又吵起來，肯恩苦惱地揉了揉額角。

他眞不明白二人在戰鬥時明明很有默契，性格理應也很互補，可事實卻是他們總是說不到兩句便會吵起來。

雖說在領養第一個孩子時，肯恩便已經有了孩子會很吵鬧的心理準備，但他眞沒預期他們長大後還這麼「活潑」。

肯恩做出一個「停止」的手勢制止二人拌嘴，道：「趁菲爾不在，我有件事想問問你們的意見。」

見所有人往自己看過來，肯恩續道：「雖然我們沒有宣揚菲爾的存在，但他的回歸對很多關注格雷森家的人來說並不是祕密。已有一些朋友向我試探對菲爾的態度，我覺得是時候正式公布他的身分了。」

蓋倫抱著雙臂，挑了挑眉，道：「這是我們的私事，不用理會那些人就可以了吧？」

馮對蓋倫的天眞很無言，解釋：「不是這麼簡單的，菲爾是肯恩的親兒子，而且回歸家族已有一段日子，我們理應爲他舉辦歡迎宴會，讓菲爾以格雷森家族一員的身分正式亮相。要是我們一直沒有動靜，會惹來很多不必要的揣測。」

蓋倫這才想起他們被肯恩收養後，的確都曾出席那場屬於自己的宴會。只是作爲格雷森家族的一員，從小便跟著肯恩出席大大小小的各種場合，因此沒有太過在意，馮不說，他早已忘記。

這麼一想，他們對待菲爾的態度……在外人看來好像眞的過於冷淡？

肯恩詢問安東尼：「學校有學生談論這事情嗎？我有點擔心因爲我們對菲爾的態度，讓他被同學輕視。」

首都學校裡大部分學生非富即貴，身分背景造就了他們的交際比一般孩子複雜得多。很多時候背後的家族勢力會很自然地影響孩子們是否站在同一陣線，影響他們交友的選擇。

像菲爾這種看似不被家族承認的孩子，在學校中的情況也許比查理這類普通學生更糟。畢竟他流著格雷森的血，欺負他可比欺負普通人有趣得多，還能獲得特別的優越感。

安東尼聞言搖了搖頭，道：「我沒聽說過，不過我與菲爾感情好，即使眞的有人欺負他，也不會在我面前這麼做……」

想到也許其他同學都在偷偷議論、嘲笑著菲爾，安東尼頓時急了，連忙傳了訊息詢問奧利弗。

奧利弗家裡從政，而且地位很高，不少學生對他唯命是從，眼線散布校園。而奧利弗也很享受掌握身邊一切的感覺，要是有人在暗地議論菲爾，奧利弗一定有所耳聞。

安東尼訊息傳出不久，很快收到回覆。內容只有很簡短、且充滿驚訝的一句：「你現在才知道？」

收到安東尼訊息的奧利弗眞的很訝異，菲爾從入學起便沒少因爲家裡曖昧的態度被人議論，只是因爲他與安東尼關係不錯，加上是肯恩的親生兒子，因此那些學生暫時還在觀望，沒有做出太出格的事。

察覺到奧利弗話裡的含意，安東尼緊張地打電話追問：「眞的有人欺負菲爾嗎？」

「欺負倒說不上，只是帶些輕視與試探吧……」奧利弗說道：「之前我便見過比利那夥人嬉皮笑臉地向菲爾打聽他與家裡的關係，明裡暗裡嘲笑他不受家人重視，不過我覺得菲爾應該聽不出來。」

菲爾在感情上似乎特別遲鈍，更不喜歡花費太多心思在不熟悉的人身上。安東尼也認同奧利弗的猜測，比利若沒有明說，一番隱晦嘲弄只怕是對牛彈琴。

感謝過奧利弗後，安東尼便掛上電話，將詢問的結果告知父兄。

憑與蓋倫聞言，心裡都有些不是滋味。他們是不喜歡菲爾入侵他們的生活沒錯，卻不代表他們樂見菲爾遭同學輕視。情況繼續下去，甚至很可能會變成霸凌事件。

肯恩再次提出：「我想爲菲爾舉辦一場歡迎宴會。」

正式公布菲爾的身分，這意味著他眞正成爲格雷森家族的一員，從此這名成員背靠家族，榮辱也將與他們綑綁在一起。

安東尼對此自然沒有異議，高興地說道：「好啊！」

可馮與蓋倫卻有些遲疑。

馮是因爲他終究認爲菲爾的出現沒這麼簡單，一個迷戀肯恩的女人懷了孩子，卻沒有闖到肯恩面前，反而選擇銷聲匿跡並生下孩子。在養育了孩子十幾年後，又突然把他丟給肯恩？

怎樣想都不符合常理，無論哪個環節都非常可疑！

而且安妮到底是怎麼懷上的？

肯恩在很多場合中需要女伴，他也不介意與美人來段美好的露水情緣，可他在避孕方面非常小心。要接近肯恩不難，可要懷上他的孩子，幾乎是不可能的事情。

正因爲上述眾多原因，馮在得知菲爾的存在後，便一直對他抱持懷疑的態度。

然而經過這段日子的觀察，菲爾似乎確實是一心想要融入新的家庭，不像懷著陰謀詭計而來。可即使菲爾沒有此等心思，也不能代表約翰遜家族沒有，可能是菲爾不知內情罷了，馮依然認對方的回歸是個陰謀。

至於蓋倫，則單純覺得自從菲爾住進大宅後，他們要隱瞞身分很麻煩。

蓋倫信不過菲爾，至少現在他仍無法放心地將異能特警的身分告訴他。而因爲菲爾的加入，就連在家裡也得無時無刻地僞裝，這讓蓋倫感到非常不爽。

面對肯恩的提議，馮與蓋倫陷入了思索，沒有像安東尼那樣爽快地應允下來。

肯恩沒有逼迫二人的意思，接納菲爾有著一定風險，公開承認他的身分也會爲家族帶來影響。他尊重所有家庭成員的意見，不會因爲他是家主而不顧孩子們的想法。

「可以，要邀請哪些商業夥伴？需要我來列個名單嗎？」

「好吧！總不能讓那小子被人欺負。」

馮與蓋倫異口同聲地打破沉默，得知對方的意思時，又不約而同地露出意外的神情。

「你不是討厭菲爾嗎？」

「你不是說菲爾的到來是個陰謀嗎？」

聽到馮與蓋倫同時開口質問對方，安東尼忍不住「噗哧」一笑，覺得這兩人神奇的默契眞的太好玩了！

肯恩對兩個兒子的選擇也有點意外，他原本以爲他們會拒絕。畢竟相比起安東尼，他們與菲爾並不算親近。

因此肯恩便道：「我想聽聽你們的想法。」

馮解釋：「我依然覺得菲爾的存在並不尋常，只是我看不出他對我們有惡意，說不定他只是被安妮利用了。我不能因爲懷疑便拒絕菲爾獲得應有的待遇，同樣身爲家族的一員，菲爾的身分理應光明正大地受到尊重。」

說罷，馮又補充：「何況舉辦宴會表明我們對菲爾的重視，要是約翰遜家族眞有什麼陰謀，到時應該會有所行動。我想用這場宴會作餌，看看能否釣出大魚。」

蓋倫小聲嘀咕：「前半段話說得冠冕堂皇，但最後補充的那句才是主要原因吧？」

馮托了托眼鏡，沒有否認。

安東尼好奇地詢問蓋倫：「那蓋倫呢？」

蓋倫解釋：「一開始我是很看不慣菲爾，不過後來發現他平時就是一副死人臉，不是有意擺臉色給我看。而且……他人還算不錯。認這個弟弟我也不虧。」

馮笑著總結：「簡單來說，你心軟了。」

對方一語中的，可蓋倫覺得用「心軟」這個詞形容自己一點兒也不酷，立即炸毛反駁：「你不是喔？」

馮反問：「你剛剛不是才說，我最後補充的那段話才是主要原因嗎？」

看著兩個兒子再次吵嚷起來，肯恩露出了欣慰又驕傲的微笑。

即使心裡有所懷疑，馮與蓋倫也不吝惜去保護菲爾，這讓肯恩想起當初立志要當異能特警的他們。

多年過去了，他們一直不忘初心，永遠願意爲弱者挺身而出。

也正因如此，肯恩雖然不希望這些孩子從事這麼危險的職業，但從沒有阻礙他們追尋理想。

再擔心，肯恩也為他們感到驕傲。

這天全員通過了舉辦宴會的決定，但並不急於一時。

歡迎晚宴是菲爾在上流社會首次公開亮相，肯恩他們須要從眾多生意夥伴、政界名人、家族好友中確定邀請名單，這些都是有講究的，並不是想邀誰都可以。這份名單代表了格雷森家族的態度，自然得好好斟酌。

還有當天的場地，以及訂製服飾。他們還須教導菲爾一些社交禮儀，並讓他記下要打交道的人的名字……

準備事項不少，因此他們打算慢慢來，讓宴會盡善盡美。

然而計畫趕不上變化，菲爾突然紅了！

這還得說回掃墓那天。當天守在墓園外的記者人數並不多，畢竟掃墓是很平常的事，即使跟拍成功也沒有什麼爆點。

只有那些不入流的狗仔，閒得沒事幹才會抓住格雷森家族的私生活不放，希望能拍到幾張適合「看圖說故事」的照片來博眼球。

維德駕著機車闖入墓園時，那些記者來不及反應，但懊惱著自己反應慢的同時，他們也察覺到這是個不錯的新聞。當維德載著菲爾離開，這些記者都瘋狂按下快門，試圖拍下這個闖入者的臉。

結果卻讓他們失望了，雖然這次闖入者一出現他們便立即拍攝，但那些照片全都模糊不清。

然而其中一名記者查看照片時，仔細對比了坐在重機後座的人的衣著後，得出一個驚人的結論。

雖然拍不到正面，照片也很模糊，可後座那人的髮色與衣服，不正是肯恩那個剛認回來不久的親兒子嗎？

照片模糊沒關係，拍不到容貌也沒差，反正吃瓜群眾又不會在意！

於是這天早上，一篇以「肯恩親子爲愛出逃」爲標題的網路文章出爐了。

內容大致報導剛回歸格雷森家族的菲爾，愛上了不明神祕男子，戀情卻遭到父親反對。最終菲爾爲愛放棄家族，趁掃墓時逃離了家人的掌控，成功與愛人遠走高飛。

網媒還有照片爲證，模糊的影像更印證著他們匆忙逃離家族的急切心情，這絕對是速度與激情的寫照！

不得不說這故事雖然離譜又狗血，但民眾愛看。報導內容正不正確不重要，瓜好吃才是重點，因此菲爾與他的小情人頓時成了眾人茶餘飯後的話題。

見人們熱衷這樁八卦，記者連忙追加報導這對小情侶的資料。駕駛機車的人是誰他不知道，可菲爾的資料還是能夠找到的。

格雷森大宅裡，最先看到這則八卦新聞的是安東尼。見記者竟然把維德與菲爾配成一對，內容實在太荒謬，以致他忽略了其中的嚴重性，當作笑話般分享給家裡眾人。

身為當事人的菲爾看到報導後只覺莫名其妙，實在不明白為什麼別人會說他與維德是一對。

雖然報導荒謬得甚至有些搞笑，然而看到群眾留言都在猜測菲爾這個沒什麼存在感的兒子，在家裡根本完全不受重視、為愛出逃不意外的時候，肯恩實在笑不出來。

見肯恩皺起了眉頭，馮知道這間網媒要倒楣了。

即使格雷森家族成員經常受到各種關注，可看在他們的社會地位上，媒體鮮少會像這樣毫不忌諱地大作文章。菲爾這篇報導如此離譜，不正因為他們覺得菲爾不受寵，可以任由他們欺負嗎？

昨天剛得知菲爾因家族遲遲沒有表態而被同學看輕，肯恩已經感到很歉疚，現在這個網媒還大肆捏造菲爾的報導，這不是在肯恩的雷區裡蹦躂嗎？

果然，這件事很快便在網媒收到律師函後平息了。同時肯恩還高調宣布會為菲爾舉辦宴會，歡迎他加入格雷森家族。眾人連夜確認好名單，邀請了各界舉足

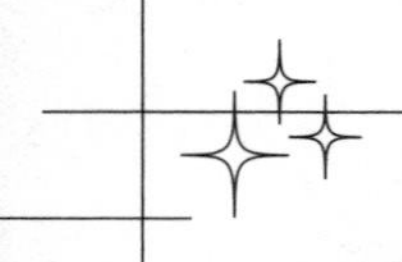

輕重的名人出席。

事情來得突然，他們一時之間找不到適合的場地，肯恩於是公布宴會會在格雷森大宅舉行。

有別於經常在家裡宴請的貴族，肯恩不喜歡居住的地方有太多外人出入，可這次卻爲了菲爾把宴會地點定在格雷森大宅，足見他對這個兒子的重視了。

宴會消息一出，那些暗地裡議論菲爾的聲音頓時消失。明面上給過菲爾臉色的人，例如那個以比利爲首的小團體，在學校碰到菲爾時，都會討好地湊上去，深怕菲爾記恨他們之前的輕慢。

其實菲爾就像奧利弗所猜測般，根本沒察覺到比利他們話裡深層的含意。偏偏他面對不熟悉的人時往往因爲緊張而顯得冷冰冰的，不好相處，看在比利眼中，便是菲爾記恨著他們。

自從肯恩表現出對菲爾的重視，菲爾在學校突然受歡迎了起來。即使是不熟悉的同學，路過時也會熱情地向他打招呼，務求在他面前混個臉熟。

這對於怕生的菲爾實在是場煎熬，其實他算不上是社恐，只是不擅長也不喜歡與陌生人相處。可這陣子身邊陌生人密度過高，讓菲爾下意識長掛著冰冷的面具來保護自己。

看起來特別傲，也特別不好惹。

對於將要舉行的宴會，比利的家族千辛萬苦地拉了眾多關係，終於獲得入場名額。比利是菲爾的同班同學，被父親寄予厚望，千叮萬囑要他與菲爾搞好關係。

然而別說與菲爾搞好關係，比利覺得對方不記恨自己就很好了。

看著對他們禮貌又疏離、像朵高嶺之花般的菲爾，比利只覺無從下手，也不敢將自己之前幹的蠢事告訴父親。

可一直拖下去也不是辦法。要是無法獲得菲爾的原諒，宴會時父親總會知道的。

菲爾是肯恩唯一有血緣關係的親生兒子……看他現在頗受肯恩重視，說不定將來真的能夠踩下那些養子們，繼承格雷森家業。即使無法交好，比利也不想與

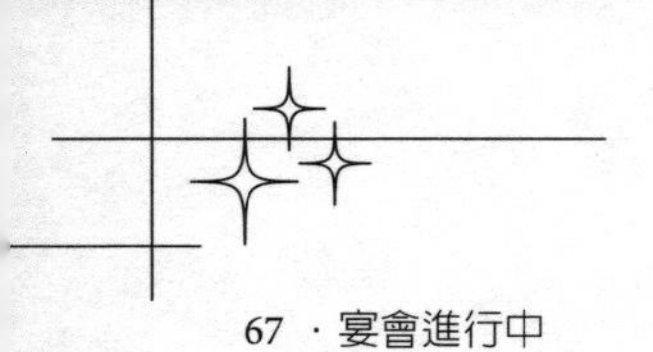

對方交惡。

咬了咬牙，比利伸手摸向口袋，雖然感到很不捨，但還是決定送菲爾一支「神藥」來賠罪。

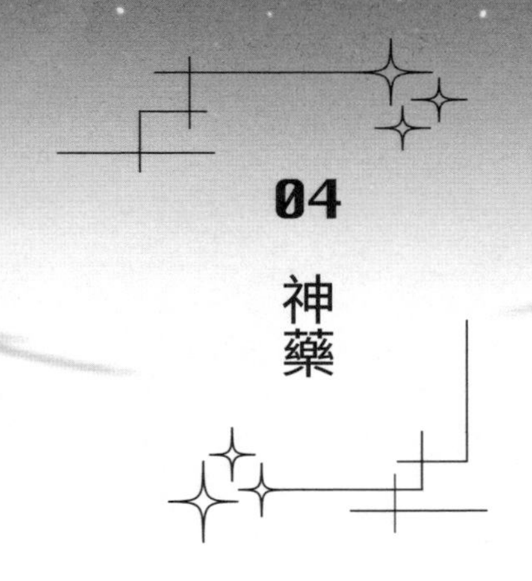

04 神藥

萬眾矚目中，肯恩為菲爾舉辦的歡迎宴會如期舉行。

格雷森大宅鮮少招待外人，更別說舉辦宴會了。然而網媒的胡亂編排勾起了肯恩護子的心，決定速戰速決地向全世界表現他對菲爾的重視。預訂不到適合的場所沒關係，乾脆把宴會地點定在格雷森大宅！

這舉動證實了肯恩偏愛菲爾的傳言，「菲爾大戰馮之家產爭奪戰」等謠言再次傳得沸沸揚揚。

馮只要想起格雷森企業的股價這幾天像坐過山車般大起大落，以及下屬與商業夥伴的連番試探，不禁嘆氣連連。

身為事件主角，菲爾倒是對外界的波濤洶湧沒有太大感覺。他知道家裡很有錢，但對格雷森這個姓所代表的權勢卻沒什麼概念，對這次宴會代表的意義也一知半解。

菲爾感受到的壓力單純來自於初次在社交場合露面，擔心做得不好會丟家族的臉，因此這幾天忙著學習禮儀，以及熟悉宴會賓客的資料。

幸好菲爾的記憶力非常優秀，很快便把名單記了下來。即使如此，臨近宴會之際，他仍是緊張地拿出早已背得滾瓜爛熟的名單與宴會注意事項，看了一遍又一遍。

見菲爾如此緊張，安東尼安慰他：「記不清楚也沒關係，到時候你跟著父親，看到誰都點頭微笑就好。」

蓋倫則大剌剌地說道：「要不然待在餐桌附近吃吃吃？出席宴會時穿的衣服大都很貼身，那些人爲了穿得好看，在宴會中會盡量不吃東西。也因爲要維持禮儀，他們不會去打擾正在吃東西的人，你待在餐桌旁邊絕對安全！」

馮聞言一臉無言：「別教壞菲爾，你以爲誰都像你那般能吃嗎？」

蓋倫反駁：「能吃怎樣了？能吃才可以長得這麼高大！」

身高一九〇、全家最高的蓋倫說出這番話倒是很有說服力。

一旁的肯恩不由得想起當年爲蓋倫舉行歡迎宴會時，這孩子從開始吃至宴會結束的奇妙往事。

在所有孩子中，要數蓋倫最能吃了。幸好他熱愛運動，雖然吃得多，可運動量也大，要不然肯恩眞擔心會養出一個小胖子。

菲爾聽著兄弟的插科打諢，心情不自覺放鬆不少。直至造型師前來爲眾人打扮，他才再次緊張起來。

事實證明菲爾完全不須對自己的亮相太過擔心，光是他遺傳自肯恩的出色容貌，便足以讓他成爲全場亮點。

那雙與肯恩相同色調的寶藍色眸子，像是漂亮的藍寶石般絢爛奪目。不同於肯恩的多情，菲爾的藍色眸子帶著寒冰般的清冷色彩，讓他看起來像個冷傲又高貴的王子。

這是爲兒子舉辦的宴會，肯恩沒有帶女伴出席，而是陪在主角菲爾身邊。長相相似、又同樣俊美的父子倆站在一塊，是宴會廳中最爲賞心悅目的畫面。

菲爾穿著一身高訂禮服，保羅領帶上面的藍寶石與他的眼眸互相輝映，衣袖與鈕釦點綴閃耀的寶石，精緻又貴氣。

肯恩的兒子們，馮的衣著是幹練風格，蓋倫恨不得任何場合都穿運動服出席，安東尼則走正統學院風。因此喜愛各種寶石裝飾的菲爾在他們之中，顯得特別亮眼華麗。

越是緊張，菲爾的表情越是冷傲。之前練習的成果出來了，在肯恩爲他引見時，菲爾有禮且熟絡地喊出不少重要賓客的名字，禮儀也沒有絲毫能挑剔之處。一些等著看菲爾笑話的人，只得失望地感嘆看不到肯恩的兒子出醜了。可惜之餘，他們也在心裡嘀咕著，聽說這孩子是虛榮的過氣模特兒生下來的私生子，這在其他家族中都是被看不起的存在呢！也只有肯恩沒有親生兒子，才會把一個私生子當寶。

可無論他們心裡多看不起菲爾，在他面前卻只能禮貌地露出笑容，甚至討好地說著恭維的話，也是挺諷刺的。

菲爾身上的珠寶有著獨特風格，美麗之餘亦非常適合菲爾的氣質。不少女士都在打聽這些飾物的出處，得知竟是菲爾親自設計製作後，忍不住對眼前的少年刮目相看。

有人忍不住試探菲爾這些製作的飾物是否會出售，要是能訂製更好，然而都被菲爾婉拒了。他表示製作飾物只是興趣，只會作爲禮物送給親近的人，並不會對外販售。

對此眾人雖感可惜，卻沒有太意外。畢竟菲爾身爲格雷森家的一員，完全不用爲錢發愁，根本犯不著賣飾物賺錢。

於是這些女士識趣地不再追問，只用羨慕又嫉妒的眼神看向一旁的肯恩。

肯恩：「……」

以往他接收到的女性視線大都充滿著欣賞與愛慕，這還是第一次有這麼多女士在宴會場合向他投以充滿嫉妒意味的目光，對肯恩來說是很新奇的體驗。

不過想到剛剛菲爾的一番話，肯恩又不禁有些沾沾自喜。

他故意展示菲爾送給自己的禮物，告訴眾人這正是菲爾親自設計的飾物時，那副模樣實在有些欠揍。

在肯恩身邊看著他與賓客們談笑風生，菲爾漸漸沒那麼緊繃了。很多時候人們進行新嘗試前，都會緊張地平空想像出不少遭遇困難時的狀況，然而眞正接觸後，往往發現其實這些挑戰並沒有想像中般艱難。

帶著菲爾與重要賓客打過招呼後，肯恩進入了商業模式，與一眾商業夥伴談論各種合作。菲爾完全聽不懂這些內容，肯恩看他無聊，便讓菲爾去找安東尼他們。

然而宴會廳很大，菲爾一時之間找不到安東尼在哪，倒是看到馮與蓋倫，前者與肯恩一樣，正和商業夥伴在談生意，後者則在餐桌旁大吃特吃。

菲爾沒有去打擾他們，而是站到一旁觀察宴會廳中的人生百態。他環顧四周，看到一個正爲賓客們斟酒、身周泛著熟悉魔法波動的侍者時，忍不住一愣。

這名侍者的相貌很陌生，可身上的魔力卻異常熟悉，因爲這是屬於菲爾自己的魔力！

菲爾仔細打量侍者一番，他……這個侍者……是維德!?

在維德的耳提面命之下，菲爾特別注重隱藏行蹤這件事，也趕製了一些遮掩容貌的魔法首飾給對方。維德現在便是戴著他送的魔法飾物，僞裝成侍者混進來了。也正因如此，他身上有著菲爾的魔力，菲爾只要靠近便能立即察覺。

自墓園衝突後已過了一個多星期，維德終於完全擺脫怨氣的糾纏，可以自由進出安全屋。

菲爾爲他製作了一些可以改變容貌的飾物，便沒有管束他的行動。維德實力強悍又曾混過幫派，在西區可謂如魚得水。

可以隨意外出後，那座公寓已被維德改頭換面一番。雖然外表看起來仍是一座隨時會倒塌的危樓，不過裡面已煥然一新。

維德不僅接通了水電，還在屋裡添置不少家具，天花板的破洞也被補上，甚至還粉刷了殘舊的牆壁，潔白的牆壁令室內看起來光亮不少。

看著收拾後變得明亮整潔、布置許多溫馨擺設的公寓，菲爾覺得之前的日子眞的太委屈維德了，相較之下，他自以爲打掃過的祕密基地，實在連狗窩也不如。

最驚人的是，維德把那層菲爾完全不打算理會的地下室改裝成存放熱兵器的軍火庫，並且在光顧了黑市、打劫多個黑幫後，成功將軍火庫塡滿了！

……就離譜。

菲爾只到過軍火庫參觀一次，便不願意再進去了，實在是看到那些堆滿地下室的武器後，菲爾快要生出陰影。以裡頭堆放的武器及火藥數量，一點微小火花便足以將這座公寓炸上天呀。

雖然覺得軍火庫就在居住地的地底這點很可怕，不過菲爾沒有阻止維德像倉鼠般囤積武器的行爲。對於死過一次、正在獨力調查研究所的維德來說，菲爾只希望這樣能夠讓他獲得更多安全感。

菲爾每晚外出尋找靈脈後，都會到安全屋待一會。有時單純與維德聊聊天，若時間充裕，則互相授課——他教授魔法知識，維德則回報敏捷訓練與反追蹤技巧。

要是哪天沒空前往安全屋，菲爾也會事先告訴維德一聲。

維德得知家裡會爲菲爾舉行歡迎宴會時沒說什麼，想不到他會以侍者身分混進來！

對方竟然冒著風險出席，這讓菲爾感到非常驚喜！

維德微不可見地向菲爾點點頭，便繼續爲賓客服務。菲爾爲免被人看出不妥，也不敢盯著維德太久，只得移開視線，可翹起的嘴角卻怎樣也壓不下來。

「怎麼這麼高興？」

菲爾往聲音方向看去，便見安東尼與奧利弗並肩向他走來。

他其實也有邀請查理參加這次的宴會，只是對方卻婉拒了。畢竟以他的身分參加宴會容易顯得尷尬，光是出席所需的正式衣著，對於家庭並不富裕的查理來說已是很大的難題。

他們私下的交情是一回事，然而生活圈子終究有別。

雖然查理婉拒了，不過奧利弗卻有隨同父親麥爾肯出席。

認識奧利弗時，菲爾便知道他家極有權勢，還聽說他父親是高官。只是奧利弗沒有細說，對此沒有太大興趣的菲爾也沒有多問。

結果這次宴會上，菲爾才知道奧利弗的父親正是現任總統，而且還曾是肯恩的同僚。在肯恩剛成立異能特警組織時，麥爾肯便已是肯恩的追隨者。

麥爾肯的妻子當年是異能特警之一，奧利弗也遺傳了她的異能基因，可惜沒有這方面的天賦。他的異能可以升起如紙張、羽毛等非常輕巧的物品，在日常生活中基本沒太大用途。

即使如此，因爲異能者稀少，奧利弗在學校仍是特殊的存在。再加上他清秀的外表與出色的家世，非常受女同學歡迎。

來到宴會時也一樣，奧利弗風度翩翩的模樣吸引不少女士的注目，要不是年紀還小，說不定已有人來搭訕了。

這倒不是因爲安東尼與菲爾長得比較差，只是他們一個看起來太單純，一個太冷，受女生歡迎的程度便不如奧利弗了。

看到熟悉的同年人，菲爾就像迷路的羔羊終於找到羊群般迎了上去。

然而不待他走到安東尼二人身邊，突然有人攔住了他的去路。對方正是曾帶著一群小弟嘲諷過他的不良少年比利。

菲爾訝異地看著擋在自己身前的高大少年，詢問：「有什麼事嗎？」

比利是來道歉的，其實他早在宴會前便想找菲爾和解。然而在學校裡，菲爾老是與安東尼一起，比利一直找不到他落單的時候。

對比利來說，向菲爾道歉已經很勉強，有其他人旁觀更是說不出口，因此一直拖到了宴會開始，依然找不到道歉的時機。

幸好在父親亨伯特帶著他去打招呼時，菲爾沒有說什麼多餘的話。原本比利以爲事情就這樣結束了，可亨伯特卻不停要求比利去找菲爾玩。聽到比利表示與菲爾不熟時，亨伯特立即責罵：「同班同學怎會不熟？你多找他說話，不就能熟絡起來了嗎？」

見亨伯特態度如此堅決，比利知道自己無法逃避了，只得厚著臉皮攔下菲爾。

面對菲爾的詢問，比利支支吾吾了好一會，道歉的話卻怎樣也說不出口。最後他從褲袋裡取出一支安瓿，小聲說道：「我分一支『神藥』給你，之前嘲笑你的事情算我不對，你不許告訴我父親！」

比利眼中閃過一絲不捨，但仍是把握在手心的安瓿塞到菲爾手裡。

菲爾邊打量這支看起來毫不起眼的安瓿，邊好奇詢問：「神藥……是什麼？」

比利立即做出噤聲的手勢，緊張說道：「噓！別這麼大聲！」

隨即比利小聲解釋：「這是可以讓普通人變成異能者的藥，神藥有價無市，我可是花了很大的力氣才買到幾支，只要喝一支便能維持一個月的效果。」

說罷，比利拿出一枚硬幣，輕易便把它捏成廢鐵。看到菲爾驚奇的眼神，比利露出自得的神情，繼續補充：「只是這藥不合法，你記得要保密。」

菲爾聞言瞪大了雙目，安瓿上的確沒有任何商標，再想到剛剛比利說的「不合法」，這三無產品他該不會喝了吧？

他都不知道該驚嘆這是可以人工創造異能者的藥，還是該震驚比利拿非法藥物來賄賂自己了。菲爾還想追問，然而安東尼二人已經趕過來。在比利瘋狂以眼神示意下，他只得將藥劑收起來。

比利是學校裡出名的問題學生，經常與其他不良少年打架，而且還曾嘲諷過菲爾，安東尼警戒地盯著比利，就怕菲爾又被對方欺負。

奧利弗的表情沒有安東尼這麼外露，但也能讓人感覺到他對菲爾的維護。

比利不爽地「嘖」了聲，對菲爾道：「總之，之前的事我們就此揭過。如果想與我交朋友，隨時歡迎你來找我。」

他沒有急著與菲爾聯繫感情，比利此行的目的只為送出神藥，他有信心只要對方嘗過擁有力量的滋味，一定會忍不住再問他拿藥。

到時候比利拿捏著藥物的渠道，菲爾想再購入神藥就必須求他幫忙。利益的關係，不比單純的感情交好更加穩固嗎？

想到這裡，比利便不再與菲爾廢話，一臉志得意滿地離開。

奧利弗皺起了眉，詢問菲爾：「他找你做什麼？」

「他老是說之前的事……」菲爾一臉困惑地反問：「可是……之前到底發生過什麼事？我跟他不熟啊……」

菲爾被比利送出的「神藥」轉移了注意，對方又來去匆匆，結果他到現在還弄不清楚到底比利送藥給他是爲了什麼。

安東尼與奧利弗對望了一眼，從對方眼神中看到相同的無奈。

比利與他的小弟對菲爾的那些冷嘲熱諷，菲爾果然聽不懂啊……

奧利弗覺得有些好笑，但也警告菲爾：「比利突然態度大變地向你示好，應該是看上了肯恩叔叔對你的重視，你可別傻傻地被他利用了。」

「比利家裡很亂，他與一堆私生子鬥來鬥去。如果他因爲家事來找你幫忙，你可別摻和進去。」安東尼也提醒：「而且他經常與人打架，還老是欺負其他同學，查理也曾被他欺負。」

菲爾的手在衣袋中搓揉了下，猶豫片刻後沒有將神藥的事情告訴二人。

涉及不良少年與非法藥物，菲爾總覺得有些不妙，他不希望這件事牽連到奧

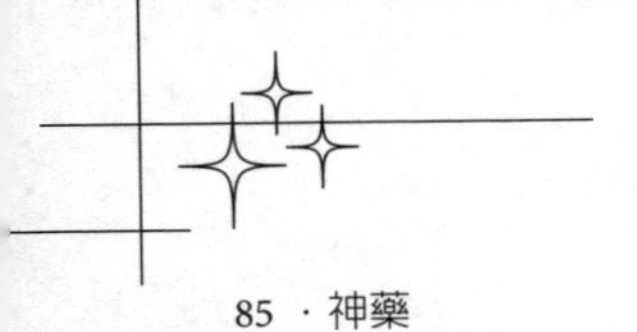

利弗與安東尼。

這支所謂的「神藥」，他打算先私下調查一下再說。

說到有關異能的非法藥物，菲爾便想到那個製造了維德的研究所……維德應該會有興趣？

05

非法藥物

宴會圓滿結束，難得熱鬧了一番的格雷森大宅再次回歸平靜。

然而菲爾卻沒有因此變得悠閒，此時他滿心都是比利贈送給他、聲稱能讓普通人獲得異能的非法藥物。

思前想後，菲爾決定與維德組隊。他利用白水晶的意念傳輸，與維德相約宴會結束後至安全屋見面。

因此回到房間換下禮服的菲爾沒有梳洗休息，立即出發前去會合。

菲爾來到安全屋時，維德已經在裡面了。他換下了侍者的衣服，也撤掉臉上的僞裝魔法。此時那張帥氣的臉龐有著不正常的紅暈，銳利的眼眸略帶迷離：

「急著來找我，是有什麼事情？」

看到維德的模樣，再加上他雖然換了衣服仍不掩一身酒氣，菲爾問：「你喝酒了？」

維德沒有否認：「宴會的酒不錯，不喝白不喝。」

菲爾聞言不由得有些好笑，心想自己這個宴會主角因爲未成年，整晚只能喝汽水。你倒好，混進去還不忘偷酒喝！

維德見菲爾不說話，催促道：「我沒有醉，你有什麼事可以說了。」

其實維德有點喝茫了，在酒精的影響下很想倒頭就睡。不過菲爾特意留了訊息說有要事商談，維德很重視，於是硬撐著聽聽到底發生了什麼。

與菲爾認識的日子不算很久，但維德已充分感受到這小子到底有多懶。今天的宴會他被逼著「營業」一整晚，結束後竟沒有回房呼呼大睡，而是約自己到安全屋見面，顯然是出事情了。

看著努力保持清醒的維德，菲爾沒有立即告訴他神藥的事，而是走到廚房倒了杯水，並且拔下袖釦，清洗乾淨後丟進水裡。

將這杯水遞給維德，菲爾說道：「把水喝掉，可以醒酒。」

維德拿著玻璃杯晃了晃，沉在杯底的袖釦也隨之晃動，折射出美麗的暗紫色光澤：「紫水晶？酒神戴奥尼索斯的傳說？」

菲爾點了點頭，道：「傳說少女雅玫西斯爲了逃避酒神的侵犯，將自己變成一塊水晶。水晶染上了葡萄酒的顏色後，便成爲我們所熟知的紫水晶。」

說罷，菲爾伸出食指點了點玻璃杯：「我已經激發了水中寶石的能量，浸泡了紫水晶的水能解酒，佩戴紫水晶時也不容易酒醉。」

維德打趣道：「你特別戴著紫水晶製成的袖釦，該不會以爲今晚可以喝酒吧？」

菲爾不高興地抿起了嘴，沒有說話。

維德忍不住笑了出來，隨即把水喝完，將袖釦留在杯底。

明明只是清水，喝進嘴裡也沒有任何異樣，偏偏這杯充斥著紫水晶能量的清水還眞的能夠解酒，而且效果顯著，不足十秒他便感到渾沌的腦袋清醒了起來。

見維德眼神變得清明，菲爾於是拿出比利送的藥，解釋：「這我的同學比利給我的藥劑，他說喝下去便能獲得異能，爲期一個月。」

維德接過安瓿，震驚地打量看起來平平無奇的藥劑：「眞的假的!?」

「我沒喝，但比利喝了後的確變得力大無窮。」想了想，菲爾補充：「他說這藥不合法。」

維德皺起了眉，忍不住露出厭惡的神情。

小時候曾在幫派生活一段時間的維德，沒少見過人們吸食毒品後的醜態。聽到這是不合法的藥物，下意識便感到抗拒。

要是這藥能讓普通人獲得異能，並且沒有任何副作用，那確實無愧「神藥」之名。然而若眞是神藥，那些人便不用偷偷販賣了。

維德道：「這顯然是有問題的三無產品，那個叫比利的學生竟然敢喝進肚子裡，還用來送人，膽子也太大了吧？」

菲爾點了點頭，深以爲然。

維德問：「你私下來找我，而不是選擇報警處理……你認爲這藥與研究所有關？」

他的猜測沒錯，菲爾道：「我之前闖入研究室時，好像看過相關的實驗。」

當時抱著魔法掃把的菲爾處於隱身狀態，喬納斯與女研究員的對話他聽得一清二楚。在實驗室裡，菲爾也看到了一些正在進行的實驗檔案。

雖然很多資料菲爾看不懂，但他記得其中一項實驗是在研究讓普通人獲得異能的方法。因此得知神藥的消息後，菲爾立即想把它告知維德。

維德嘲諷道：「如果這是研究所的產物，說不定是研究所被炸掉後沒錢了，所以將這些半成品廢物賣出來賺錢呢！」

菲爾想到那間祕密研究所被炸成廢墟的模樣，突然覺得維德的說法也許真相了？

「怎麼辦？」菲爾指了指神藥問道。

維德說：「西區最不缺的便是毒販，那些人說不定知道些什麼，你別管這事了。」

然而菲爾卻搖頭道：「我說過會幫忙。」

研究所也許與「維德」的死亡有關，而且它也危及維德的安全，菲爾怎能坐視不管？

何況菲爾同樣討厭毒品，更厭惡毒販把手伸入校園……好吧！也許那「神藥」不是毒藥，但終究是三無產品，誰知道會有什麼副作用？

菲爾不喜歡與別人有視線的接觸，然而這次他卻以堅定的眼神凝望維德，希望能讓對方感受到他的決心。他無法放任不法藥物流入校園，也不能讓維德孤獨地面對危險。

看著菲爾執拗的模樣，維德知道自己說服不了對方。之前他一直認爲菲爾只有容貌與肯恩相似，性格一點兒也不像，可現在維德不這麼認爲了，這父子倆同樣固執。

這樣子的菲爾，眞的與肯恩非常相像啊……

最終維德還是鬆口了：「好吧，那我去詢問黑幫的藥頭，你負責去找那個叫比利的同學，看看能不能問到藥源。」

菲爾鄭重地點頭，視死如歸的模樣，簡直像將要面對大魔王的勇者。

維德安慰道：「那人之所以會送你神藥，歸根究柢是想討好你。你既然是被討好的一方，還怕他幹嘛？」

雖然維德的話說得很對，然而菲爾只要想到要主動試探別人，便感到一陣窒息。

決定了雙方的分工後，菲爾向維德要回藥：「我把神藥傳給布里安看看。」

「給布里安？他行嗎？」維德知道治好自己的魔藥，是由菲爾那個同母異父的弟弟布里安所煉製，也認同對方小小年紀已是個出色的魔藥師。

可魔法與科學有很大的差別，隔行如隔山，布里安真的能夠弄明白由科技研發出來的藥劑嗎？

菲爾也不確定，猶豫著說道：「都是藥……應該差不多？」

其實格雷森大宅的地底基地裡，擁有各種先進的分析工具。要是以前，維德可以拿這瓶藥物去檢測成分，然而現在……別說進入地底基地了，他連大宅的大門也無法進入。

雖然對布里安不抱期待，但現在藥劑的事只能拜託他了。

事實證明科技與魔法是不相通的，布里安果然對這瓶用科學力量研發出來的藥劑成分沒有任何頭緒。不過布里安還是憑著他的專業知識，從這瓶神藥中提取了一種他從未見過的奇怪物質。

布里安在信紙上寫道：「這物質散發一種特殊能量，我猜正是令普通人短暫獲得異能的關鍵。可惜我不知道這是什麼，也無法複製。」

隨著信紙傳送回來的，除了傳去的藥劑，還有一支小小的玻璃瓶，存放著布里安從藥物裡提煉出來的物質。

藥劑分量本就不多，提煉物就更加稀少了，看起來彷彿一層薄薄塵埃。

然而這些塵埃卻讓人難以忽視，因爲它們泛著一種很特別的彩光，在光線下變換著各種艷麗的色彩。

明明神藥看起來像清水，想不到從裡面提取出來的物質竟有著如此特殊的顏色，讓菲爾更加好奇這到底是什麼了。

另一管玻璃瓶是藥物提取出特殊物質後的殘餘成分，不知道是因爲安瓿被打開、接觸了空氣，還是因爲被抽取出提煉物所致，原本像清水般透明的藥劑似乎微微發黃，水質還有些混濁。

布里安無法從藥劑中獲取更多的資訊，但也不是全無收穫。他從神藥裡提取出來的特殊物質散發微微能量，這種能量會與相同物質產生共鳴。

也就是說，只要菲爾持有這瓶特殊物質，若有其他攜帶神藥的人在附近，他便能找出對方。

也許明天除了詢問比利，還可以在學校裡找找，說不定其他學生也有這種藥。

運氣好的話，甚至能夠碰到藥販？

菲爾覺得布里安幫了大忙，便在信紙寫下感謝的話傳送給對方。

看到菲爾的感謝，布里安忍不住翹起嘴角。然而在看到對方接下來詢問有沒有聯絡吉羅德的方法時，翹起的嘴角頓時垮下。

布里安一臉不爽地回信質問菲爾：「你找哪傢伙幹嘛？」

吉羅德是擅長製作魔法道具的法師，菲爾的飛天掃把便是他所製。因爲一起出了幾次任務，算是菲爾爲數不多、稱得上是朋友的人。

雖然在菲爾眼中，他與吉羅德更像是合作夥伴的關係，任務拆夥後便沒有私交，可他不知道吉羅德其實非常崇拜菲爾這個魔法天才，甚至曾在他家門外遊蕩，試圖假裝與菲爾偶遇，在布里安看來非常變態。

當年小小年紀的布里安嚴厲地警告了吉羅德一番後，還一狀告至對方家裡。吉羅德只得收斂，有一段時間碰到菲爾都要繞道走。不僅與菲爾因此疏遠，甚至還讓對方誤會自己討厭他。

布里安對此狀況樂見其成，爲兄長解決了一個變態的幼弟深藏功與名。

現在突然聽見菲爾提起吉羅德，可想而之布里安爲什麼會不高興。

「你什麼時候跟那渣滓搭上線？」

看到信紙上面的質問，菲爾忍不住疑惑布里安爲何如此厭惡吉羅德？

明明小時候他也會禮貌地與對方打招呼，到底從什麼時候起，布里安突然討厭對方了呢？

菲爾曾以爲吉羅德不喜歡自己，可在他魔力受損、連家人都放棄他的時候，是吉羅德主動找他，得知他需要寶石當魔法材料後，吉羅德更以出清大降價爲藉口，半賣半送地賣給菲爾不少優質寶石。

雖然在感情上菲爾有些遲鈍，但他不是傻，自然看得出這是吉羅德特意對他的照顧。對方甚至爲了顧及他的自尊，硬說這是出清的價錢，不是特意便宜給他，這份好意是菲爾在眾叛親離時難得的溫暖。

菲爾向布里安解釋：「魔法掃把的隱形功能很有用，可是拿著它不太方便。我想問問吉羅德有沒有其他便於攜帶的隱形工具。」

看菲爾只是要找那個變態買東西，而不是有其他私交，布里安神色緩和下來，不高興地碎碎唸：「爲什麼要隱身？是因爲信不過格雷森，不想讓他們知道法師的身分嗎？」

想到肯恩他們明明是家人，卻對菲爾的法師身分懵然不知，布里安頓時被這個想法取悅到了。他拿了幾瓶魔藥傳給菲爾，並附上一張使用說明的信，心想：這麼小的事找我就可以了，問什麼吉羅德呢？

菲爾原本只是詢問吉羅德的聯絡方法，想不到直接獲得了隱形藥劑，實在是意外之喜。

根據布里安的使用說明，藥劑的隱形時間只有半小時，功效可以疊加，也不會對人體產生副作用。

也就是說半小時不夠的話，他可以無限暢飲啊！

買！必須買！

菲爾決定先買五十……不，還是買一百瓶吧！

然而菲爾正打算匯款給布里安時，卻發現自己的銀行存款不夠了。

菲爾想起他曾告知維德自己帳戶的資料，讓他有需要時便使用裡面的錢。

隨即他腦海中閃過安全屋的各種裝飾與家具，還有堆放在軍火庫裡的眾多武器……

養二哥，好貴。

菲爾獲得了一個新的人生感悟。

雖然積蓄被掏空，可菲爾並沒有太大的感想。

對法師來說，貴重的是那些珍稀的魔法材料。像金錢這種普通人的財物，他們總有方法輕鬆獲得，完全沒有賺錢的壓力。

私人帳戶暫時沒錢，在肯恩給他的黑卡及他的寶石收藏之間，菲爾猶豫片刻後選擇了後者。

雖然肯恩說過讓他隨意使用黑卡裡的錢，可菲爾從懂事起便沒再用過約翰遜家族的一分一毫，甚至還在他們的情感勒索下到處接任務反哺。

菲爾早已習慣自己賺取生活費，實在不好意思動用長輩的財產。

看到菲爾傳送過來的「訂金」，布里安驚訝地寫信詢問：「爲什麼給我寶石？給錢就好……你該不會沒錢了吧？」

菲爾沒解釋太多，只簡單回答：「暫時沒錢，先用寶石付款。」

布里安問菲爾為什麼用寶石，是不是沒錢？菲爾則回答因為沒錢，所以用寶石。一番回答與「七天不見，如隔一週」有異曲同工之妙，深得廢話文學的精髓。

菲爾的回覆讓布里安皺起了眉，更加深了盡快處理好家族那些不安分的傢伙，然後到格雷森家拜訪的決心。

格雷森不是首富嗎？為什麼菲爾不僅沒有變得有錢，反而更窮了？

菲爾該不會被那些養子欺負了吧？

想到菲爾在自己看不見的地方被欺負，還傻乎乎地告訴自己格雷森的家人對他很好，布里安便感到怒火中燒。

對布里安來說，菲爾是他的兄長，同時也是他看中的得力助手。在布里安的人生規劃裡，當他長大後繼承了約翰遜家族，便會立即接回菲爾。

至於格雷森家族？只是暫時代他照顧菲爾而已。

布里安知道菲爾在約翰遜家族過得不好，因此他不介意讓菲爾暫時脫離這個糟糕的生活環境。可他依然將對方視爲自己內定的得力助手，認爲菲爾只會屬於約翰遜家族。

打狗還要看主人呢。知道菲爾可能在格雷森家被欺負，素來自視甚高的布里安當然生氣了。

可即使他再想親自到格雷森替菲爾找場子，無奈卻是分身乏術。

那場代表菲爾正式回歸格雷森的盛大宴會，勾起約翰遜家族中不少人的貪念。他們發現菲爾這個廢物棄子竟意外地獲得格雷森家族的重視。這是不是代表只要他們再次拿捏住菲爾，便能利用他作橋梁，在肯恩手中獲得不少好處？

貪婪令人無畏，這些人才剛試探性地出手，伸出的爪子便被布里安剁了。

可布里安終究太年輕，即使是下任家主的內定人選，也暫時無法讓約翰遜家族成爲他的一言堂，只能耐著性子與家族裡的老傢伙周旋。

布里安的介入讓家族老一輩感到了威脅，老傢伙們淨耍些見不得光的手段，深怕布里安與菲爾有更深的聯繫。他們覺得菲爾已經不是約翰遜家族的人了，布里安與他太親近並不是好事。

這件事的結果是布里安與老人們各退一步，家族的人不會再接觸菲爾，同樣布里安也須與菲爾保持距離，所以他才沒有出席菲爾的宴會。

不過這些事情布里安自會處理好，他有信心很快便能鬥倒那些老不死，然後光明正大地拜訪格雷森家族……至於過程中的腥風血雨與骯髒，就沒必要讓菲爾知道了。

想了想，布里安收下菲爾傳送過來的寶石，回覆了一句：「等我。」

等我解決了那些老不死後，來格雷森家族找你。

等我完全掌握約翰遜家族，再把你接回家。

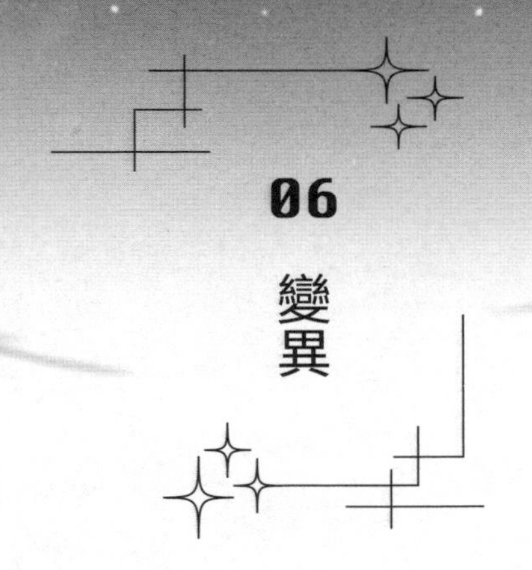

06 變異

菲爾不知道布里安一系列複雜的心理活動，得到他簡單的「等我」二字時，只單純以爲對方指的是隱形魔藥，煉製大量魔藥需要時間而已。

於是菲爾便回了一句「不急」，兩人的想法明明不在一個頻道，偏偏還能成功溝通，眞的很厲害。

與布里安確定下一批隱形藥水的交期後，早已疲憊不堪的菲爾把魔法木匣放回抽屜，邊打著呵欠邊梳洗，剛躺上床便直接進入夢鄉。

第二天清早，疲倦讓菲爾差點起不了床。在鬧鐘響聲中苦苦掙扎好一會後，這才憑著堅強的意志力逼迫自己離開被窩，邁著痠軟的雙腿往餐廳走去。

昨晚的宴會眞的站太久……

格雷森大宅餐廳今早又是沒有全員到齊的一天。菲爾走進時，裡面只有穿著家居服的安東尼。見菲爾身著校服，安東尼露出訝異的神情：「你要上學嗎？」

菲爾點了點頭。

看到菲爾等待早餐上桌時忍不住頻頻打呵欠，偶爾還伸手揉揉痠痛小腿的模樣，安東尼體貼地提醒：「昨天肯恩不是幫我們請了假嗎？其實你留在家裡休息一天也沒關係的。」

菲爾對安東尼的建議非常心動，但想到今天有試探比利的任務在身，還是搖了搖頭，堅持要去學校上課。

安東尼覺得很奇怪，以他對菲爾的認知，對方雖不討厭上學，但也算不上喜歡。肯恩都替他們都請假了，安東尼以為對方會留在家裡休息。

菲爾的堅持很奇怪，安東尼於是試探著道：「既然如此，那我也一起上學好了。」

菲爾本打算趁安東尼休假，正好撇下他獨自調查神藥一事，若對方與自己一起上學，要單獨詢問比利便有些不便了。

可即使再不想安東尼到校，菲爾也沒有阻止的立場。他的神情因突如其來的意外而略顯僵硬，並努力遊說對方：「你不用特意陪我上學，留在家裡就好……」

菲爾的反應讓安東尼更加覺得有問題了。雖然心裡起疑，神情卻絲毫不顯，只見他笑咪咪地說道：「沒關係，反正我不累。」

雖然表情看不出異樣，可安東尼心裡其實有點慌，努力猜測著菲爾到底在隱瞞什麼。

該不會……馮的引蛇出洞計畫眞的成功了吧？

得知安妮這些年來不聲不響地養著肯恩的兒子，格雷森家族所有成員都覺得事情不尋常。

與菲爾生活一段時間後，他們基本認同了對方的無害，卻更加警惕安妮背後的約翰遜家族。

然而格雷森的眾人卻不知道，由始至終他們都在自己嚇自己，與不存在的幕後黑手鬥智鬥力。

菲爾的回歸根本不存在陰謀詭計，單純是失去用處的法師被家族放棄而已。

訊息差讓馮等人覺得菲爾很可疑，只要他們不知道魔法界的存在，安妮連串不合邏輯的行爲便永遠無法解釋。

馮之前更戲稱菲爾的歡迎宴會是對外發放的訊號，要是眞有人想利用菲爾的身分獲取利益，看到他被格雷森接納後，說不定便會忍不住出手。

宴會昨晚才剛結束，今天菲爾便表現古怪，安東尼心裡頓時警鈴大作，猶豫片刻後，決定先不告訴其他人，自己盯著菲爾看看情況再說。

安東尼還是很喜歡菲爾這個兄弟的，即使眞有什麼不好的事要發生，他希望能把對菲爾的影響降至最低。

菲爾偷偷看了安東尼一眼，見對方沒再多問，看起來完全沒有起疑，忍不住在心裡驕傲地爲自己點了讚，覺得能瞞住安東尼的自己眞了不起！

看來對方只是單純想陪自己一起上學，要是再拒絕就可疑了，於是菲爾爽快地答應下來。

二人相視一笑，心裡卻是各懷鬼胎。

來到學校，菲爾正思索著怎樣才能與比利單獨談話，卻遠遠看見一個意想不到的人。

……蓋倫？

首都學校劃分了小學、中學部與大學部，雖屬同一所學校，卻有各自的教學樓。由於佔地廣闊，幾棟大樓相距頗遠，因此菲爾入學了好一段時間，從沒在學校碰見過蓋倫。

今天蓋倫不是在家休息嗎？明明因爲昨晚的宴會，肯恩爲大家請了假。吃早餐時不見蓋倫的身影，難道他故意避開我們來到學校？記得蓋倫上課時間沒這麼早，而且他到中學部這邊幹嘛？

菲爾戳了戳安東尼的肩膀，隨即以手遙指向蓋倫。

安東尼對此也表示訝異：「蓋倫？他怎麼在這裡？」

菲爾小聲說道：「他看起來好像有些焦躁？」

安東尼看了看，對方果眞一副焦頭爛額的模樣。拿著手機不停打字，完全沒有注意到他們在偷看。

見對方頻頻看向手機螢幕，安東尼恍然大悟：「我知道了！他是來找瑪蒂爾達的！」

菲爾疑惑地看向安東尼，心想瑪蒂爾達是誰？

看出菲爾的疑惑，安東尼解釋：「她是蓋倫的女朋友……不，好像是海倫才對……還是伊芙？蓋倫換女友換太快，我都有點分不清現任女友叫什麼名字了……我想起來了！是莉拉妮才對！蓋倫現在的女友叫莉拉妮。」

菲爾遲疑地詢問：「蓋倫特意來中學部找人，他的女朋友……是個中學生？未成年？而且他還經常換女友？」

說罷，菲爾看向蓋倫的眼神已經變了。

簡直像在看著一個人渣。

安東尼連忙為蓋倫澄清：「不不不！他的女朋友是實習老師，已經成年了！而且蓋倫換很多女友不是因為他花心，是因為他經常被甩！」

菲爾：「……」

雖然有點對不起經常被甩的蓋倫，可是聽到安東尼的申辯，菲爾不禁鬆了口氣。

他剛剛還以爲蓋倫是個喜歡未成年的渣男呢！

誤會解除後，安東尼興致勃勃地提議：「反正時間尙早，要不我們去看看蓋倫在做什麼？」

菲爾道：「這不好吧……」

安東尼問：「你不好奇嗎？」

菲爾小聲道：「……好奇！」

於是兩個好奇寶寶在綠化植栽的掩護下，成功來到勉強能聽到蓋倫說話內容的位置。

安東尼拿出手機，打出文字：「不能再往前了，再往前蓋倫一定會發現。」

其實要不是蓋倫忙著看訊息，加上正內心焦躁地等女友，早就會發現躲在灌木叢後的二人了。

很快地，莉拉妮便現身了，她快步向蓋倫走來，鞋跟在地面敲出「叩叩叩」的聲響。

莉拉妮是一名長相艷麗又強勢的女性，雖然即使穿著高跟鞋也不及蓋倫高，然而氣勢卻顯然高出男方一大截。她的衣著偏向成熟的職場風格，長髮半束於腦後。是個年紀不大，但很有御姊風範的女性。

相較一身運動穿搭的蓋倫，職場風的莉拉妮看起來稍微年長，事實上她也真的比蓋倫大了幾歲。此時的菲爾並不知道，蓋倫交往的幾任女友都比他年長，這傢伙就是喜歡御姊，偏好一目了然。

蓋倫雖然有過好幾次交往的經驗，可每次沒幾天便被甩。最好笑的是肯恩見蓋倫特別受女生歡迎，身邊的女孩來來去去，總是很擔心地叫他要做好安全措施，卻不知道自家看起來像情場浪子的三兒子，其實還是個純情小處男。

偏偏一直耳提面命讓對方別弄出人命的肯恩，最後卻有了菲爾這個非婚生子……也是挺打臉。

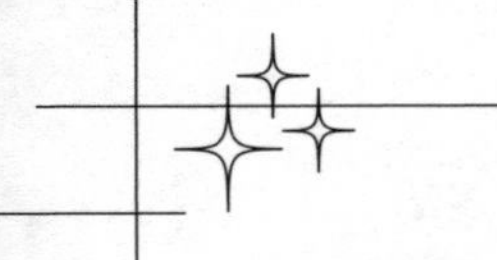

蓋倫之所以每次戀情都不長久，並不是因爲他的性格有多糟，主要是他經常因爲特警組的工作而遲到與失約，也沒有太多時間陪伴女友。

相較於其他全職的異能特警，蓋倫還得兼顧學業，時間便顯得有些不夠用。加上異能特警數量不多，有時遇上突發案件急須他處理，只得放棄與戀人共度的時光。

熱戀期的情侶總想無時無刻待在一起，像蓋倫這種老是突然失聯的傢伙，會被甩實在不意外。

莉拉妮氣勢洶洶地走到蓋倫前，一臉怒容地數落他多次的遲到與失約。安東尼見狀同情地嘆了口氣，知道自己猜得沒錯。

菲爾與安東尼滿足了好奇心後便打算離開，沿著來路往後退，總算有驚無險地轉移到不會被蓋倫發現的安全距離。

少年們帶著一絲幹了壞事的心虛，安東尼假咳了聲：「時間差不多了，我們回教室吧。」

菲爾正要點頭，動作卻在感應到一股特殊、昨晚被他牢牢記住的氣息時，頓住了。

順著這股氣息的方向看去，菲爾看到一抹熟悉身影。

那個鬼鬼祟祟繞進綠化植栽處的人，不正是比利嗎？

菲爾與安東尼爲了不引起任何人的注意，此時正躲在一棵枝葉茂密的喬木後，行色匆匆的比利沒有注意到他們。

原本菲爾打算今天找個機會與對方獨處，再問問神藥的事。然而看到比利可疑地快步繞到無人注意的位置，而且還感應到神藥的氣息，菲爾瞬間待不住了！

安東尼察覺到菲爾的異狀，順著他的目光看過去，正好看到比利隱沒在樹叢影子間。

「他是誰？怎麼往哪邊走，是要蹺課嗎？」安東尼訝異地說道。

「抱歉，我突然想到有些事情……」眼看要失去比利的蹤影，菲爾匆匆交代一句，立即追了上去。

安東尼愣了愣，反應過來時，菲爾已跑出老遠。

他沒有依菲爾所言返回教室，而是尾隨著追了上去。

比利走到校園後方的治安死角後停了下來，這裡位置偏僻，校內一些不良少年常相約於此幹壞事。

自從在神藥的幫助下獲得力大無窮的異能，比利與不良學生打架時再無敵手，很快便成爲首都中學的一霸。

只是他的崛起太突然，手下敗將對此很不服氣，今天是他們相約再戰的日子。

比利豪邁地表示誰不服氣一起上，他決心今天要把所有不服氣的人打趴，然後成爲首都學校的老大！

懷著這股豪情壯志，比利打開一瓶神藥，並把它喝了下去。

很快地，比利體內傳來一股炙燒感，這讓他痛苦地皺起了眉，所幸不適來得快、去得也快，可比利對此仍感到不安。

服用神藥明明一開始沒有絲毫副作用，藥效能維持一個月左右，可隨著喝多了，不僅每次喝下時都有炙燒感，藥效更變得愈來愈短暫，現在不到半小時便會消退。

種種跡象彷彿是身體對比利做出了警告，提醒他藥劑並不是他所以爲的無害，可現在的比利卻離不開神藥了。

自從獲得神藥後，他憑藉異能在一眾不良少年中作威作福。要是沒有神藥的幫助，一定會遭受報復，而且讓他顏面盡失。

青少年最看重面子，比利爲了維持他作爲強者的老大風範，只能在每次幹架前喝藥以保他的長勝戰績。

身後傳來了細微的動靜，比利本以爲是對手來了，回頭一看，卻是讓他意外的人：「菲爾？」

看清前來的人是誰後，比利銳利的眼神稍微緩和了些，但依舊警戒地質問：

「你跟蹤我？」

菲爾搖了搖頭：「只是正好看到你。」

可比利完全不信，他特意挑了偏僻的路走，除非對方正好也躲到綠化植栽裡，不然怎能看到？

「你是想來詢問我神藥的事情吧？你已經試喝了嗎？果然是好東西對吧？」比利露出得意的神情，他本就想利用神藥與菲爾交好，要是能讓菲爾離不開神藥更好。

「什麼神藥？菲爾，你喝了什麼!?」尾隨菲爾過來的安東尼，想不到剛接近便聽到比利提及「神藥」這個很中二，也很可疑的名字，頓時急了。

這是什麼奇怪的藥物？總覺得很不靠譜啊！

看到安東尼出現，比利狠狠瞪了二人一眼，便要趕他們離開，然而安東尼卻不願意走：「比利，你要是不把事情說清楚，我就告訴肯恩！」

雖然神藥有著各種問題，可比利依然認爲它是好東西，但心裡也明白這是不合法的藥物，給他神藥的人也叮囑過他別到處宣揚。

因此他一直很小心，雖然手頭緊的時候有賣了一點藥，但都是賣給那些對他言聽計從的小弟。

之所以送藥給菲爾，主要是宴會時比利承受父親給予的壓力，心裡急於與對方交好，便想出這種拉近雙方關係的方法。

比利暗暗觀察過菲爾，知道對方不是話多的人，甚至沉默寡言得有些異常，唯一交好的同學只有安東尼與他的朋友，但恨不得把父親私生子全部幹掉的比利，可不相信豪門兄弟間有眞感情。

誰知道才把藥給了菲爾，便爲自己惹來一個大麻煩。要是安東尼眞的把事情捅到肯恩面前，他的神藥說不定會被沒收……

比利不禁後悔在宴會時爲了拉攏菲爾，輕率地拿出神藥。

好煩！

好煩！好煩好煩好煩！

比利心情焦躁無比，那種熟悉的、喝下神藥後便會出現的炙燒感，再次於體內燃燒起來。他的理智就像被烈火焚燒的清水般蒸發殆盡，此刻只想毀滅眼前所有看不順眼的東西！

比利的神情變得痛苦而瘋狂，安東尼見狀上前想要扶住對方，卻迎來比利的拳頭！

所幸安東尼反應迅速，靈活閃過了突如其來的攻擊。比利一拳打在安東尼身後的樹幹上，大樹竟被他攔腰打斷成兩截！

這股力道太誇張了，安東尼連忙拉著菲爾往後退。

此刻比利面目猙獰，通紅的雙眼中滿是癲狂。青黑色的血管在皮膚下清晰可見，就像大片蜘蛛網般布滿他外露的皮膚，令他看起來非常詭異。

「天！」

「什麼鬼!?」

一旁傳來了幾聲驚呼，正是那些依約要來這裡與比利幹架的不良少年。

比利的注意力從菲爾與安東尼的身上移開，像頭理智全無的野獸般往驚叫方向撲去！

這些人正好看到比利一拳打斷樹幹的壯舉，在校園裡作威作福的不良少年們被嚇得面無血色，見比利一臉瘋狂地向自己衝來，全都驚惶地四散避開。

逃跑的舉動很沒有同伴愛，但成功讓腦袋混亂的比利瞬間呆愣了，不知該追誰才好。安東尼趁著這空檔，撿起地上的石頭用力擲向比利！

安東尼準頭好，出手毫不留情，石頭正中比利的太陽穴。這是人體脆弱之處，也是因爲現在的比利是個皮粗肉厚、一拳打斷樹幹的異能者，安東尼才敢重擊這個部位。

比利雖然被石頭打得痛呼出聲，卻沒有如安東尼的期待般暈厥過去。不過這一擊成功讓對方停了下來，沒有繼續追向逃跑的小混混，而是將目光再次投放到安東尼身上。

「他的手！」隨著菲爾警告的呼喊聲，比利雙手皮膚裂開，露出其中血肉。

沒有皮膚保護的肌肉像蛇般扭動延展，在變成鐮刀形狀後瞬間硬化，成爲危險的武器。

不光雙手出現異變，比利通紅的眼球變得大而突出，瞳孔數量迅速分裂增加，最後變成像昆蟲般的複眼。

此時的比利雖然仍保持部分人類外形，卻又展現出部分昆蟲的特徵，看起來實在噁心。

即使是見過不少大場面的安東尼，在看到比利這副恐怖長相後也倒抽一口涼氣。他緊盯著比利，對菲爾道：「你快跑！」

說罷，不待菲爾回覆，安東尼便上前纏住比利，想爲其他人爭取時間。

菲爾拿出手機報了警，可卻沒有依安東尼所言離開，而是躲在一旁觀看戰況。

雖然安東尼有佩戴菲爾送的魔法飾物，不過菲爾還是不放心丟下他離開，即使不願暴露法師身分，可只要對方出現任何危險，菲爾還是會出手相救。

然而出乎意料地，安東尼卻沒有給予菲爾掉馬甲的機會。

安東尼的異能要在雙手觸碰到目標時才能發動，也因爲如此，他非常擅長近戰。雖然安東尼的力氣不及變異後的比利，可他總能借力使力地轉移對方的攻擊，再加上靈巧走位，一時竟把比利耍得團團轉。

然而在安東尼拖延時間的同時，比利也正飛快適應新的身體。

比利的速度愈來愈快，不同於人類的廣闊視角，讓他輕易捕捉到安東尼的攻擊角度。戰況由一開始安東尼的遊刃有餘，漸漸往對他不利的方向發展。

安東尼猶豫片刻，仍然沒有脫下左手的手套。

身爲特警組的見習成員，安東尼一般不會參與戰鬥，而是在後方進行支援。加上他的能力仍未正式被記錄，因此對很多隊員來說，他們最熟悉的是他的治療能力。

卻不知道所謂的「疫醫」，並不是治療疫症的醫生，而是將死亡如瘟疫般蔓延的人。

安東尼的異能有些複雜，不像大家所想般是單純的治癒系異能。他能夠影響接觸目標的生命力，右手賦予、左手剝奪。

他的異能還有一個很大的缺點，便是無法依自身意願操控。只要是安東尼雙手碰觸到的生命體，便會被他的異能影響。這也是爲什麼他總是戴著手套，雙手避免與任何人直接接觸。

此時面對變異的比利，安東尼有想過脫下左手手套迎戰，然而最終卻沒有這麼做。因爲他的異能會直接剝奪比利的生命力，即使及時收手，也會削減對方的壽命。

比利雖已變得不似人形，安東尼仍舊沒有忘記對方只是個未成年的學生。他還心存一絲僥倖，期望有能讓比利恢復的方法。

安東尼不怕殺人，在生命受到威脅，或面對十惡不赦的罪犯時，他出手不會遲疑，可眼前的怪物是他的同班同學，是一個幾乎每天都會見面、叫得出名字的人……因此安東尼還是心軟了。

他打算暫時先纏著比利不讓他到處亂跑，拖延時間等待支援。

反正這裡沒有別人，也不怕比利傷害到其他人……

不！等等！

爲什麼菲爾還在這兒？

安東尼眼角掃視到菲爾躲在一旁，頓時心頭一慌，閃避的動作也慢了半拍！

比利此時也再次變異，背部展開一雙翅膀，透明的、沒有羽毛的雙翼。在安東尼還未反應過來之際，比利拍動翅膀瞬間縮短了雙方距離，揮動變異的鐮刀狀手臂便要斬向安東尼！

安東尼想要躲開已來不及，可他也不慌，一雙清透的淡藍眼眸閃過不常見的銳利神色，出手不再留情的他脫下了左手手套，正要一掌拍至比利身上。

就在此刻，一股神祕力量出現。

神奇的盾牌虛影出現在安東尼與比利之間，將二人隔開的同時，也阻擋住雙方的攻勢。

這是菲爾送給安東尼的魔法吊飾感知到致命危險，自主發動了魔法護盾！

一直觀察戰況的菲爾也顧不上隱瞞身分了，他握著一枚黃鐵礦正要火燒敵人，卻有人先他一步出手。

幾道風刃斬向比利，瞬間在他堅硬的皮膚上斬出了恐怖傷痕，不屬人類的藍色血液從傷口噴射而出！

07

烤肉的香氣

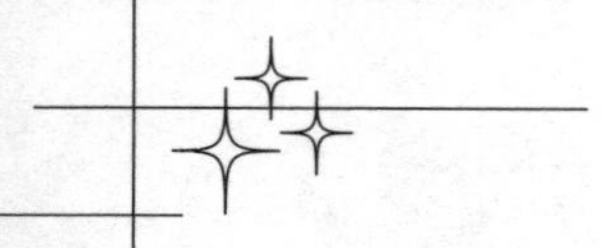

比利發出淒厲的尖聲慘叫，拍動翅膀閃過從後而來的幾道風刃。他捨下眼前快要到手的獵物，向另一方向發出威嚇的叫聲，

菲爾連忙上前把安東尼拉到灌木叢後，沒了性命威脅，飄浮在半空的魔法護盾也隨之消散。

此時一道身影已取代安東尼，在空中與比利進行戰鬥。

「那是……異能特警？」菲爾認出對方身上的制服，而且來者馭風進行戰鬥的模樣實在眼熟，這人……該不會是在研究所的那個特警吧？

也太巧合，到底是怎樣的緣分？怎麼到哪都有他啊？

菲爾回想在研究所碰到的特警的容貌，卻發現無論怎樣也記不起來。他猜測也許是某種異能的效果，用來遮掩特警們的身分。

就像現在，明明菲爾清楚看見了眼前異能特警的容貌，可卻無法記在腦內，只稍微移開視線便再也想不起。

在研究所與異能特警接觸時，菲爾雖然一直維持隱身，可他對異能者的了解不多，不知道對方有沒有認出他的方法，再加上剛剛安東尼遇險嚇到他了，不想繼續留在這個是非之地，於是拉著人就想離開。

安東尼看到蓋倫趕過來，對蓋倫武力值很有信心的他不再遲疑，順從地跟著菲爾走，邊走邊責備道：「我不是叫你先走嗎？你怎麼還留在這裡？」

菲爾心虛，眼神游移並小聲反駁：「可是，你在這兒。」

因為你還在這裡，我怎能放心離開呢？

我擔心你啊！

菲爾的話很簡短，卻滿滿的擔憂與真誠，感受到他的關懷，安東尼默默把想繼續責備菲爾的話吞回肚子裡。

眞是……太犯規了……

這讓我怎麼責備得下去呀！

雖然很想讓菲爾多注意自身安全，可安東尼仔細想想，卻發現自己根本沒有立場責備對方。

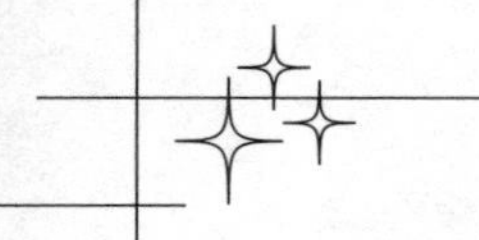

因為在菲爾眼中，他同樣是個沒有自保能力的普通人。看著他與比利周旋，菲爾一定非常擔心吧？

如果責備菲爾為什麼不逃到安全之處，菲爾也可以反過來責備安東尼為什麼要冒險留下呢！

所以他們半斤八兩，誰也別說誰了。

飛翔在半空的比利依然以驚人速度異變，捱了幾下風刃後，他的皮膚再度變硬，彷彿套了一層甲殼在身上。

這層新增皮膚包裹蓋倫斬出的傷口，止住了藍色血液流溢。現在的比利看起來就像隻長得像昆蟲的類人怪物，蓋倫甚至注意到他的腰部有微微凸起，似乎要像昆蟲那般長出一對新的足部。

再這麼變異下去，他該不會像昆蟲般趴在地面爬行吧？

幻想了下那幅詭異畫面，饒是見多識廣的蓋倫也忍不住有點反胃，被自己的

想像噁心到了！

這個學生……現在還算是人類嗎？

如同蓋倫所猜，比利腰間的凸起確實是將要長出的雙腿。只是這腿暫時還長不出來，連串異變已消耗他不少體力，比利急須補充能量。

至於吸取能量最有效的方法，便是「吃」了。

看到菲爾與安東尼要逃，早已鎖定他們爲獵物的比利想要追上去，卻被蓋倫的風刃阻擋去路。

然而之前能夠劃出深深傷口的風刃，現在已破不開比利堅硬的皮膚。雖然風刃帶來的衝擊力將比利打得連連後退，卻只能在他身上劃出微微刮痕。

蓋倫的攻擊激怒了比利，拉滿仇恨的他在風力承托下拔高高度，比利嘶吼著拍動翅膀追上。

蓋倫不信邪地再次甩出風刃，果然已無法對比利造成傷害。

慣常的攻擊手段失效，蓋倫逃命般轉身離開，然而仔細看便會發現，看起來

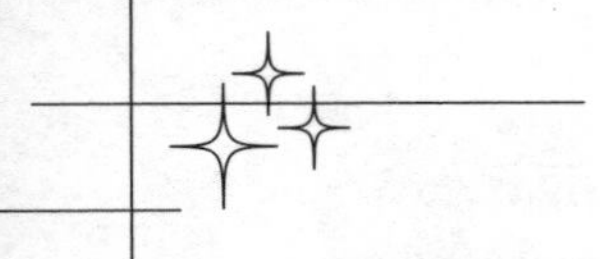

倉皇逃離的他，臉上絲毫不見慌亂。

理智盡失的比利沒注意到這一點，見蓋倫逃跑便立即追去。

不良少年們逃跑後紛紛示警，再加上菲爾打電話報了警，學校及時疏散學生，此時校內人員已撤離得差不多。蓋倫不用太擔心會誤傷到人，引著比利在學校上空亂飛。

他將比利誘至一座噴水池上方，這座漂亮的巨型噴水池是首都學校的一大特色，甚至還是校內小情侶約會時的必到景點。

從小就非常有異性緣的蓋倫也在這座噴水池留下不少美好的回憶，可惜現在故地重遊，追在身後的卻不是哪個漂亮的小姊姊，而是張牙舞爪的變異怪物。

來到噴水池上方，蓋倫毫不猶豫地衝入水池噴出的水柱裡。比利緊隨其後一頭扎進去，瞬間水花四濺。在陽光照射下，水花中出現了一道七色彩虹。

衝入水柱的瞬間，比利的視線被池水遮掩，下一秒他感到背部傳來一股猛烈衝擊，不知什麼從高處砸到了他的背上！

突如其來的一擊又重又沉，把比利壓得直直往下掉落！

比利來不及查看砸在背後的到底是什麼鬼東西，下意識拍動翅膀想止住墜勢，然而背上卻傳來了蓋倫嘲諷的嗓音：「不知道你的翅膀像不像皮膚那麼堅硬？」

昆蟲甲殼再硬，翅膀都是薄薄的，很容易便被破壞，比利那雙翅膀也不例外。蓋倫嗓音響起的同時，比利那雙薄如蟬翼的脆弱翅膀已被對方狠狠撕裂！

飛不起來的比利摔落在噴水池裡，激起了高高的水花！

稍早前從高處狠狠踩在比利背部的蓋倫也隨之落至噴水池中。自身的重量加上落地的衝擊力，幾乎把比利的脊椎都踩斷了！

然而這還不算結束，蓋倫踩著比利的背脊站了起來，從口袋裡拿出一枚小小的、像是鋼珠似的玩意丟進水裡。瞬間閃出陣陣電光，比利抽搐著被電暈了過去，同樣浸在水裡的蓋倫卻毫髮未傷。

特警組的制服防火防電，搭配一些特製的小道具使用，在戰鬥中往往能收奇效，輕易便能陰人……咳，是把壞人繩之以法才對。

眾多異能特警中，蓋倫的戰鬥力是同伴中數一數二的強悍。面對外形恐怖且不斷增強的變異怪物，他能臨危不亂地迅速制定戰略，足以體現他強大的心理素質，以及豐富的實戰經驗。

這也是爲什麼安東尼對蓋倫這麼有信心，在他接手比利後直接果斷拉著菲爾撤離。

安東尼與菲爾迅速與其他師生會合。大部分學生都不知道發生了什麼事，有些人臉上明顯惶恐不安，有些人則不當作一回事，但在師長的引導下，眾人井然有序地跟著指示疏散。

菲爾他們找到了負責點名的老師報平安後，跟隨大部隊離開了學校，與眾多學生一起在校外空地待著，等候司機接他們回家。

脫離危險後，安東尼這才詢問菲爾：「你知道比利爲什麼會變成這樣嗎？你們口中的『神藥』到底是什麼？」

菲爾在學校社交狀況乏善可陳，稱得上交好的朋友只有查理與奧利弗。這兩人還是安東尼介紹認識的，菲爾主動結交的同學一個都沒有。

昨天宴會時，雖然比利有找菲爾示好，可那時菲爾與對方並不熱絡，因此今天安東尼看到菲爾追著比利離開，才會覺得奇怪而尾隨對方。

菲爾原本不打算將神藥的事告訴格雷森家的任何人，他不希望讓家人涉入任何危險。可現在事情鬧得這麼大，他只得把昨晚比利送藥的事告知安東尼。

「昨天宴會時，比利給我一支安瓿。他說裡面裝的液體是『神藥』，喝下去便能讓普通人獲得異能。我對那藥很好奇，今天剛好碰到他，便想再問問詳情，誰知道……」菲爾沒有把話說完，但安東尼已猜到他未竟的話語是什麼。

誰知道看起來好好的一個人，會突然變異成怪物呢？

「神藥」怎麼聽都很可疑，安東尼緊張地詢問菲爾：「他給你的藥，你沒有喝吧？」

菲爾搖了搖頭：「沒有。」

安東尼吁了口氣，又問：「你有帶那個藥嗎？可不可以給我看看？」

菲爾有些猶豫，他的確有攜帶神藥，可藥物已不完整。其中最重要的特殊物質昨晚已被布里安用魔法抽離出來。

見菲爾遲疑，安東尼以爲他捨不得，便勸說：「雖然比利說神藥能讓人獲得異能，誰知道眞假、有沒有副作用？比利變成那模樣，說不定就是因爲喝了神藥所致……你該不會想把藥留下來喝掉吧？」

爲了打消安東尼的懷疑，菲爾把布里安歸還給他的藥劑殘留物、也就是那支已沒有效果的黃色液體，交給對方。

安東尼看著用玻璃瓶存放的神藥，沒有忘記菲爾之前說比利給他的是安瓿，手上神藥顯然曾經被打開，還更換了存放器皿，這讓安東尼不安地再三確認：「你眞的沒喝對吧？你可別騙我。」

菲爾再三保證自己眞的沒有喝，只是好奇才把藥倒出來研究一下，安東尼這才放過他。

二人談話之際，一些同樣在安全區等待接送的學生紛紛發出了驚呼聲，引起他們的注意。

「看天上！」

「我沒眼花吧？飛在天上的那個是人嗎？」

「是人沒錯，應該是異能者？」

「他的衣服……是異能特警！那是特警的制服！」

「爲什麼會有異能特警來學校？有誰知道我們爲什麼要緊急疏散嗎？」

大部分學生不知內情，蓋倫的出現讓他們議論紛紛。更有不少學生是異能特警的粉絲，高興地仰望天空的黑點大叫大嚷。

現場頓時一陣騷動，很多人看熱鬧不嫌事大地往蓋倫飛行的方向趕過去，一眾老師與學校員工見狀，連忙上前維持秩序才沒有造成混亂。

每個異能特警的制服有著些微差別，會隨他們的異能特點進行調整，像蓋倫便是爲了更省力地飛翔而設置了披風的設計。此時他的披風在強風圍繞下獵獵作響，飄揚在他身後就像是生出了翅膀，顯得非常帥氣且氣勢逼人。再加上特警的特殊身分，也難怪有這麼多學生驚嘆了。

菲爾原本以爲異能特警的出現與自己無關，還想著那些同學實在太吵，正要建議安東尼不如換個地方等司機時，只見對方直直往他們的方向飛過來，最後更是降落在二人面前。

「我有些事情想問你們。」蓋倫的語氣有點不自然，畢竟要在兩個弟弟面前假裝陌生人，而且其中一人還知道自己的身分，這讓他感到有些尷尬。

不少學生像看到偶像的追星族般，一直在旁邊興奮地大嚷。蓋倫被他們吵得頭痛，向幾名上前了解狀況的老師提出：「我有事情要問一下這兩個學生，你們能讓其他人安靜一些嗎？」

然而這些滿心看熱鬧的熊孩子完全不理老師的阻止，甚至還興致勃勃地想衝上前索要簽名。

蓋倫耐心耗盡，一道強風形成的風牆以他爲中心緩慢往外擴張，將那些煩人的學生逼得往外退去。

此時只剩蓋倫及他身旁的菲爾與安東尼三人待在風牆裡，總算耳根清靜後，蓋倫再次詢問菲爾，道：「我趕到時，你們在那隻變異怪物的身邊。你們知道些什麼嗎？」

同樣假裝不認識蓋倫的安東尼上前，一五一十地將所知道的事如實告知：「那隻怪物是我們的同學比利異變而成。在昨晚宴會中，他找到我的弟弟菲爾，並給他一支非法藥劑，聲稱那是可以讓普通人變成異能者的神藥……」

聽著安東尼的敘述，蓋倫忍不住向菲爾投以驚訝的目光。想不到在昨天的宴會中，菲爾竟然在他們的眼皮子下發生這種事。

想到比利的變異很可能是神藥所致，蓋倫對此後怕不已。幸好菲爾沒有輕率地喝下藥，不然後果不堪設想。

至於菲爾，則盯著蓋倫的臉發呆。

他總覺得眼前的異能特警給自己一種很熟悉的感覺，彷彿是自己認識的熟人。

他能清楚看見對方的容貌，甚至知道這是個長得很帥的高大青年，然而卻無法把對方的相貌連結上任何已知面容，而且轉瞬便忘，怎樣也回想不起來。

菲爾甚至懷疑因爲自己是身懷魔力的法師，擁有特別的感知能力才能勉強記住這人的特質，換成其他普通人，可能連對方是男是女、是美是醜，也分辨不出來。

雖然有些好奇對方的身分，可菲爾不打算深究。就像他想隱瞞自己的法師身分，菲爾也能理解對方爲什麼要這樣做。

安東尼把事情的來龍去脈交代清楚後，更主動將手中藥劑交給蓋倫：「這藥劑就是比利口中的神藥。」

一旁的菲爾瞪大雙目，眼睜睜看著安東尼把自己的藥給了對方，知道藥劑是拿不回來了。

察覺到菲爾的注視，蓋倫挑了挑眉，道：「怎麼？你想要把藥拿回去嗎？那可不行，這種非法藥物不該在你們手裡。」

沒收這藥除了爲了查案，也是爲了菲爾好。畢竟誰知道充滿好奇心的年輕人會不會有天忍不住，就把藥喝了下去？

何況藥的源頭在哪、爲什麼會讓人變異等諸多問題還是未知之數，若交還給菲爾，話說不定會爲他帶來危險。

菲爾有些擔心自己擁有非法藥物會被究責，幸好面前的異能特警似乎只想沒收他的藥，沒有繼續追究的打算。

見對方問完話後要離開了，菲爾連忙詢問道：「比利……現在怎樣了？」

「他是你的朋友？」蓋倫想不到平常表現得很冷淡的菲爾，竟會擔心一個不熟、剛剛還想傷害他的同學。不由得驚奇地盯著菲爾看了一會，似乎像重新認識對方似地……雖然對於「風使」蓋倫來說，他們今天應該是第一次見面沒錯。

菲爾道：「只是同學……但也不希望他出事。」

蓋倫聞言笑了，他連接通訊器另一頭的同伴，道：「鷲鳥，把那傢伙帶過來

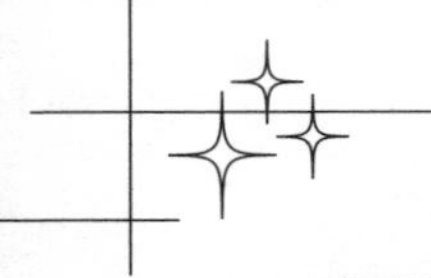

一下。」

蓋倫的話才剛說完，一個穿著異能特警制服的人便突然平空出現。他手中還抓著已經失去了意識、被金屬繩索捆得像顆粽子似的比利。

這是個看起來很有滄桑感的中年男子，他有著一頭略長的頭髮，下巴有一些沒有刮乾淨的鬍碴。男人氣質慵懶，然而像老鷹般銳利的眼神卻讓他看起來很不好惹。

他就像一隻懶洋洋在假寐的獅子，沒有人會因爲巨獸暫時收起了爪子而忽視牠的危險性。

鷲鳥視線漫不經心地掃過菲爾與安東尼，最後停在蓋倫身上：「怎麼了？」

蓋倫指了指菲爾，解釋：「這變異怪物是他同學，我看他很擔心對方，便讓你帶過來給他們看看，好證明我們有給這傢伙留下一口氣。」

鷲鳥聞言勾起了嘴角，他的笑容帶著邪性，笑起來不像好人，要不是穿著異能特警的制服，說不定會被學校的警衛攔下來。

得知蓋倫的目的後，鷲鳥晃了晃被自己抓在手中的比利。異能者臂力驚人，比利這隻變異怪物被他抓得像拎起小貓、小狗般。

雖然陷入暈厥，但比利對外界的刺激還是起了些微反應。變異後他嘴巴裂大、幾乎佔據下半張臉的巨大顎骨在鷲鳥的搖晃下無意識地動了動。即使仍在昏迷，猙獰的模樣也足讓人感到毛骨悚然。

蓋倫有些惡趣味地想看菲爾驚懼的樣子，然而少年神情卻意外地淡定，就連鷲鳥與安東尼也對菲爾的膽量感到驚訝。

菲爾當然也覺得比利變異後的模樣很醜，但說到害怕？

他怎麼可能害怕！

要知道他可是有個當魔藥師的弟弟啊！

很多魔藥材料都要使用魔法生物，而魔法生物的外貌千奇百怪……自從菲爾有次撞見布里安煉製魔藥時的情況後，爲免以後喝魔藥時產生陰影，從此他再也不踏足布里安的工作室，足見那些材料到底有多噁心與恐怖。

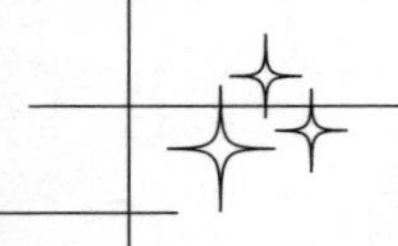

相比之下，比利變異後的外貌其實還好。何況喝進肚子裡的他都不怕了，更不會因爲只是看看就感到驚懼。

鷲鳥證實比利一息尚存後，見沒自己什麼事了，對蓋倫交代了聲：「他交給你，我先回3區了。」如同剛剛的平空出現一般，眾人只覺眼前一花，鷲鳥的身影便消失無蹤。

鷲鳥是駐守3區的異能特警，當年「大災難」改變了板塊組合，隕石的撞擊造成恐怖的地震與海嘯，許多沿岸地區被海水淹沒。後來的人類內戰與蟲族入侵又消滅了大部分人口，最終倖存下來的人類便聚集到宜居的大陸上，堅強地延續人類的文明。

嶄新紀元展開，人類再也沒有國界之分。爲了方便管治，新政府將聚居地劃分爲十八個區域，以中心地帶的1區作爲首都，十八個區域各有一座屬於特警組的基地，由不同異能特警駐守。

只是異能者人數不多，特警數量更加稀少，因此駐守區域的異能特警往往須到其他地方幫忙。像鷙鳥便是駐守3區的特警，因為3區相對和平，再加上他擁有瞬間移動這種非常方便的能力，所以經常出勤協助。

其實每個特警基地都有設置傳送裝置，只是使用次數有限，冷卻時間又長，倒不如鷙鳥的異能來得方便。

鷙鳥離開後，接手比利的蓋倫交給菲爾二人一張名片：「這個案件會由特警組接手。我是『風使』，你們若有想起什麼相關線索可以告訴我。」

菲爾看了看手上的名片，只簡單寫了這名特警的代號「風使」，以及一個電話號碼。

說罷，盤旋在蓋倫四周的風吹動著他的披風，將這名異能者穩穩托起。

就在蓋倫要離開之際，菲爾喊住了他：「請問……」

蓋倫停住離開的步伐，問：「又怎麼了？」

「抱歉，不是案件的事情。」菲爾道：「只是有件事我很在意……」

別看蓋倫一臉淡然，聽到菲爾這麼說時他其實心裡「喀噔」了聲，第一時間

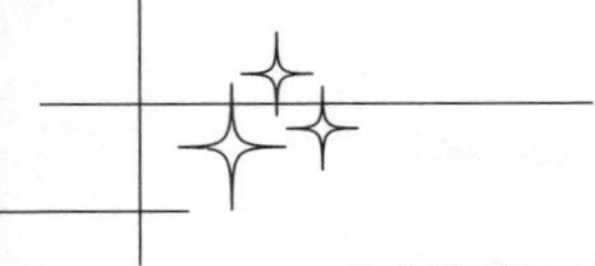

聯想到的是菲爾對他的身分起了疑心！

蓋倫開始拚命思索自己與菲爾相處時，有沒有露出任何破綻。

幸好菲爾很快便道出疑問，倒是沒讓蓋倫苦思太久：「請問你是火系異能者嗎？」

想不到菲爾的疑問是這個，蓋倫都快要懷疑自己是不是年紀輕輕便腦退化了：「我在不久前才在你面前使用風刃退敵，還利用風力飛行……我以爲我是風系異能者這點，已經非常明顯了。」

菲爾指了指比利：「可是……他好香……」

「什麼？」不只蓋倫，連一旁的安東尼都懷疑自己到底聽到了什麼。

他們都清楚聽到菲爾的話，但不確定是不是自己理解的意思。

「比利有烤肉的香味。」多解釋了一句後，菲爾還忍不住嚥了嚥口水。

安東尼瞪大雙目。

夭壽！你別嚥口水！

即使是燒烤，也是烤人肉，不能吃！

不……現在的比利不知道還算不算人類……

可也一樣糟糕！這東西真的能吃嗎？

就在安東尼懷疑人生的時候，神經大條的蓋倫竟開始與菲爾討論起來：「他變異後的外表看起來像昆蟲，聽說昆蟲有很豐富的蛋白質，所以烤起來才會有烤肉的香氣吧？」

菲爾恍然大悟地「喔」了聲。

隨即蓋倫又重申：「不過我沒有用火燒他，而是用電擊。」

菲爾點了點頭，隨即在烤肉的香味下再次嚥了嚥口水。

安東尼只想摀臉。你們討論得這麼高興，這讓我以後如何面對烤肉？

只怕一看到烤肉，便會想起比利的臉了吧？

即使安東尼不得不承認，圍繞著他們的肉味好像真的挺香的……但只要想到氣味的來源是什麼，便覺得好噁心呀！

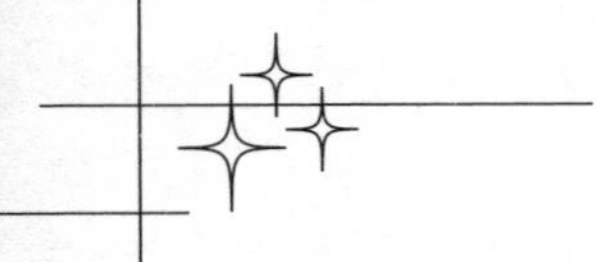

安東尼有氣無力地對蓋倫說道：「沒什麼事情的話，請你帶比利離開吧！」

說罷，他又握住菲爾的手，認眞說道：「回家之前，我先帶你去吃點東西，你想吃什麼都可以！」

所以，求求你別再惦記比利的肉了！

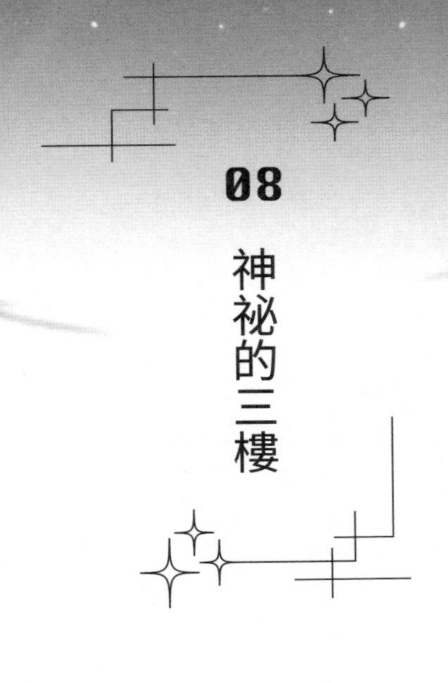

08 神祕的三樓

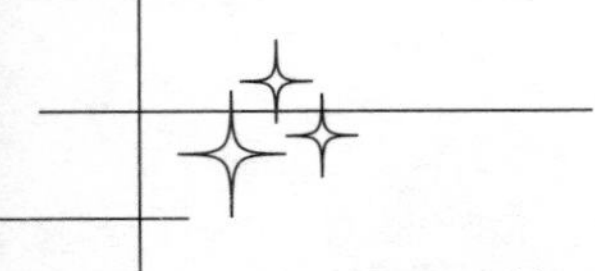

菲爾對神藥的調查還未開始，便因知情人比利突然出事而中止。不僅打聽神藥來源的計畫胎死腹中，甚至神藥的事還被異能特警知曉，他手中唯一的一瓶神藥更被沒收。

幸好昨晚他有找布里安幫忙，將神藥中的特殊物質分離，只給了風使殘留物來糊弄過去。

這樣做雖然有點對不住那名代號「風使」的異能特警，不過親疏有別，菲爾當然是向著維德的。

研究所自從被攻破後，逃跑的人就像躲進地溝的老鼠般難找。維德希望親自復仇，他認爲神藥是他們的產物，想利用這個線索順藤摸瓜地先一步找到博士，菲爾當然要幫他！

想到昨晚還自信滿滿地讓維德將打探情報的工作交給自己，可今天卻什麼線索都沒問到，菲爾感到很沮喪。而且他攜帶非法藥物一事還被發現了，回家後不知道會受到怎樣的責罰。

安東尼回家前特意帶他去吃烤肉，不僅沒有安慰到菲爾受傷的心靈，還讓他有點害怕。

這……該不會是我的斷頭飯吧？

聽說死刑犯行刑前的最後一餐特別豐盛，這突如其來的烤肉之約實在讓菲爾心驚膽跳。不過來都來了，菲爾斷沒有理由拒絕面前這些香噴噴的烤肉。他決定要吃個盡興，死也是隻飽鬼！

見菲爾眼淚汪汪地吃著烤肉，安東尼感到很安慰。

想不到一頓燒烤能讓菲爾這麼感動，開心得眼眶都濕了！

看他吃這麼多……菲爾應該不會再惦記比利了吧？

沒想到菲爾竟然這麼喜歡烤肉，高興得快要哭出來了，安東尼暗暗將對方的喜好記下，打算過些時候再請他大吃一頓。

二人吃飽喝足後回到大宅，早已收到消息的肯恩等人已等候多時，就連不久前在學校收拾比利的蓋倫，也在把人安頓好後趕回大宅了。

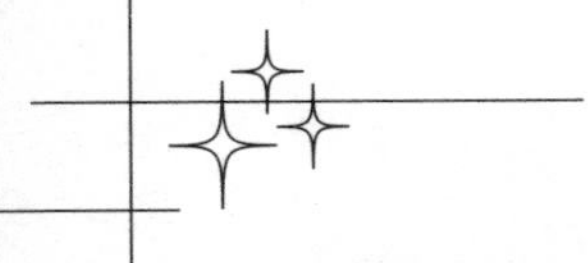

看到菲爾頹喪的表情，眾人都以為他是被早上的事嚇到。畢竟菲爾只是普通人，尋常學生哪那麼容易碰到這種危及性命的事，菲爾能直面變異後的比利已算非常鎮定，表現超出預期了。

想到這裡，肯恩心裡滿是愛憐與驕傲，他上前擁抱兩名死裡逃生的兒子，道：「平安回來就好。」

除了熱情洋溢、經常喜歡與自己貼貼的安東尼，菲爾很少與人有這麼親密的接觸，何況這人還是自己的長輩，是與自己有血緣關係的父親！

也許對其他人來說，來自父母的擁抱是理所當然的事，然而菲爾從來沒有被母親擁抱的記憶，肯恩突如其來的親近讓他有些手足無措，雙手舉了起來，虛虛地停在肯恩身後卻沒有回抱他，只小聲地應了聲「嗯」。

肯恩察覺到菲爾的動作，少年雙手最後依舊沒有回抱自己，他眼中閃過一絲遺憾，隨後便若無其事地放開了渾身不自在的菲爾。

相較於不知該如何回應的菲爾，安東尼則大大方方地回抱了肯恩，並回以一個燦爛的笑容：「我們回來了！」

說罷，不待肯恩詢問，安東尼主動告知了他們今天發生的事。不過他只說自己經歷的部分，沒有搶著把話全佔了。說完後，安東尼將話題帶到菲爾身上，示意他將昨晚宴會時與比利的互動告知肯恩幾人。

在說到比利將非法藥物交給他時，害怕被責罵的菲爾略帶遲疑地頓了頓，最後還是坦白地把一切全說了出來。

幸好肯恩聽到這段時的表情雖不贊同，卻只說了他幾句，讓菲爾保證以後遇到類似事情必定要第一時間告訴家長後，這件事便被輕輕帶過了。

菲爾說話一板一眼，如果安東尼說的經歷精彩得像熱血的戰鬥故事，那菲爾便是平鋪直敘的簡單記事。

不過肯恩他們都聽得很認真，還問了很多比利當時的細微表情、藥劑交給菲爾時身邊有沒有其他外人等細節。蓋倫在心裡仔細比對一番菲爾的說詞，證實他的話與不久前告訴風使的內容相符，應該沒有說謊。

幸好菲爾雖然隱瞞了藥劑與研究所相關的猜測，以及布里安對藥劑的處理，但其他事情都是實話實說，不然在家人這麼鉅細靡遺的詢問下，說不定已經露出馬腳。

雖然菲爾的話沒有任何矛盾之處，理應也沒有騙他們的必要，可擅長察言觀色的馮總覺得菲爾說話時有些不自然。

於是在菲爾乾巴巴地交代所有事情後，馮詢問：「除了比利的意外，今天在學校還有發生什麼事嗎？」

其實馮只是順口詢問，沒期待菲爾會多說什麼，誰知道菲爾卻點了點頭，道：「有。」

簡單的一個字，立即引起了所有人的興趣。

在眾人好奇的注視下，菲爾道：「我看到蓋倫被甩了。」

「我才沒有被甩！」蓋倫滿臉通紅地反駁，想不到今早與女友的爭吵都被菲爾看到了！

安東尼默默雙手摀臉，他忘記叮囑菲爾別把這事說出來。結果馮一問，這老實孩子就什麼都說了。

馮猜菲爾剛剛的不自然，也許是因爲想到蓋倫被甩的事，便把剛生起的些許懷疑放下，改爲愉快地吃瓜：「你又被甩了啊？」

「才沒有被甩！」蓋倫生氣地解釋：「我們……我們是和平分手！」

看蓋倫那副惱羞成怒的模樣，眾人不約而同地心想：他絕對被甩了。

馮原本想嘲笑蓋倫一番，不過想到對方之所以經常失戀，歸根究柢是特警組工作所致，抱持著稀薄的兄弟愛，馮把想要嘲笑的話壓了回去。

偏偏菲爾卻把剛剛蓋倫顧及尊嚴強行編的話全信了，恍然大悟地說道：「喔！所以蓋倫是像父親那樣，想分手後換個女伴嗎？」

想不到瓜竟然跑到自己身上，肯恩勾起的嘴角變成了往下撇，蓋倫臉上則展露出笑容。

事實證明，有時候快樂不會消失，只是轉移到別人身上。

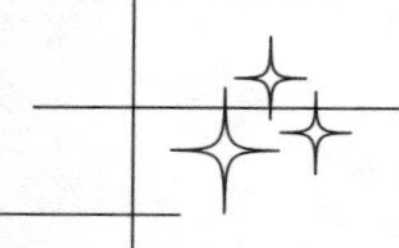

菲爾若有所思地說道：「雖然媒體總說父親是個花花公子，可我來到大宅這麼久，從沒見過父親的女朋友們？」

馮假咳了聲，決定幫肯恩解釋一下，爲肯恩在菲爾面前挽回一些好印象：「宴會時，經常須攜帶女伴出席，因此肯恩才會對投懷送抱的美人來者不拒……咳咳！總之他接受美人的示好是有原因的……」

蓋倫補充：「當然也是因爲他喜好美色。」

馮瞪了故意添亂的蓋倫一眼，續道：「而且肯恩也是有分寸的，領養孩子後，他從沒有帶女人回大宅過夜。」

菲爾頷首示意了解，就在大家以爲這個話題總算結束時，菲爾再次語出驚人：「我還以爲父親都把女伴偷偷帶到三樓，所以才一直沒有遇到。」

肯恩大驚：「你爲什麼會這麼想!?」

蓋倫卻像遇上知己般，一副好哥兒地拍著菲爾的肩膀，道：「原來你也是這麼想的嗎？小時候我曾在三樓窗邊見過一個長髮人影閃過。說不定那裡眞的藏著一個長髮美人，有魔法長髮，喊『長髮公主』時會把頭髮垂下來！」

蓋倫手勁很大，當他的手掌拍到菲爾身上時，脆皮法師覺得自己像是被拍得平白矮了一截。

安東尼看到菲爾被拍得要散架了，連忙上前將他從蓋倫的巴掌下拯救出來。

蓋倫這才察覺到自己在高興之中不小心大力了些，但他會承認錯誤嗎？當然不會了！

蓋倫惡人先告狀：「就說你該與我們一起鍛鍊，看看你的身體多弱？我才出了丁點力氣你便受不了。」

菲爾瞪大雙目，頓覺這世界滿滿的惡意。

為什麼被大力拍打後，還要被嫌棄身體不夠強壯、不耐拍？

見菲爾無法置信卻又不懂得如何反駁，蓋倫眼中閃過一絲笑意。

一開始他覺得菲爾冷冰冰的、難以相處，對他有了更多了解後，才驚覺這傢伙性格很軟，非常好欺負呢！

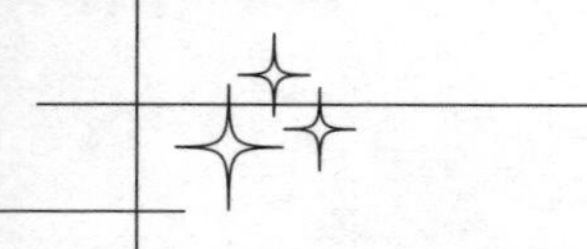

肯恩等人從菲爾口中了解事情經過、且確定了這場危險沒對菲爾造成任何傷害與陰影後，便再次忙碌起來，陸續離開大宅。

菲爾已很習慣家人時不時有事外出，正好他也想找維德討論接下來的計畫，家人的離開更方便他接下來的行動。

維德在西區混得風生水起，有名有姓的黑幫都被他打劫個遍，偶爾碰到不平的事甚至會行俠仗義一番。

他在西區的行動很高調，肯恩他們也知道他最近經常在該區出沒。

他們不是沒有嘗試過去抓捕維德，然而對方的反追蹤能力很強，還有菲爾的各種魔法道具支援，至今特警組依舊無法抓到維德的尾巴，每次都讓他全身而退。

短短兩週，維德便強勢地在西區闖出了名聲，一些受過他恩惠的流浪漢、妓女與孤兒，最後都成了他的手下。

這些人雖然沒什麼戰鬥力，卻是維德在西區重要的眼線。身爲西區底層的他們默默無名，往往是最被人忽視的存在，但有時候反而能獲得一些別人不知道的情報。

也有不少慕強的年輕人希望成爲維德的手下，只是維德沒打算眞的發展新的勢力，也不想再次混黑幫，便把這些充滿野心、毛遂自薦的人全部拒絕了。

即使已與肯恩分道揚鑣，然而與對方一起生活的那段時光確實對維德帶來了深遠的影響。

當年那個爲了生存而不惜一切手段的孩子改變了，他對生命有了敬畏，也有了比自身性命更加重視的東西。

見識過光明的他，再也不願深陷到泥沼裡。

現在的維德，邊打聽研究所的消息，邊在西區做著劫富濟貧的「生意」。由於罪犯大都在晚上出沒，因此專門打劫他們的維德自然也跟著過起了晝伏夜出的生活。

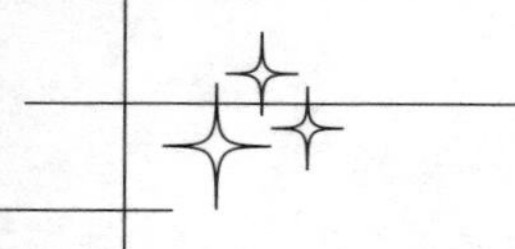

菲爾前來安全屋的時間尚早，本應是維德熟睡時刻，但他卻驚訝地發現維德早已在客廳等待自己，清醒的雙眸沒有一絲睡意。

維德之所以這麼清醒，是被菲爾離開校園時發出的訊息嚇醒的。

天知道收到菲爾的訊息、說比利變異成怪物時，維德到底有多震驚！

雖然維德知道菲爾不是沒有自保能力的普通人，可難免爲他的安危擔憂。再加上他只要想到要是菲爾喝下神藥，說不定也會像比利那樣變異，什麼睡意都被嚇得全無。

偏偏菲爾這則訊息一個勁兒地向維德報告校園狀況，惋惜著無法向比利問話，還說比利很香（？），安東尼帶他去吃烤肉……可重點是這些嗎!?

維德最想知道的是菲爾到底有沒有受傷，可這小子卻連提都沒提！

想到這傢伙還能長篇大論地發這麼長的訊息給自己，應該是沒受到什麼傷害，可維德仍要親眼看到人才能放心。

因此在收到菲爾的第二則訊息，得知他要到安全屋後，外出蹓躂了一圈的維德火燒火燎地趕回來也不睡了，才有了菲爾一進安全屋便對上維德炯炯有神雙目的一幕。

看著一臉呆相的傻弟弟嘆了口氣，維德開始有點懷疑答應菲爾與他一起調查研究所，到底是不是一個錯誤的決定了：「別呆站在窗邊，你不是要告訴我學校的事情嗎？」

菲爾從善如流地坐在維德身邊，隨即把今天在學校發生的事全部告訴了對方。面對面的報告自然比訊息中簡單匯報的內容詳盡許多，因爲不用擔心身分問題，之前對著肯恩他們隱瞞的部分也可暢所欲言。

可惜菲爾有些不善言辭，明明很精彩的故事卻說得乾巴巴的，但維德依舊聽得相當認眞。

再加上菲爾該說的說了，連不該說的——比如他看到蓋倫被甩——都說了，維德意外地從中獲得了不少樂趣。

想起當年他「死亡」時，蓋倫還只是個十四歲的少年，這讓維德在聽樂子之餘忍不住心生感慨。

當年的小屁孩，已經成長至可以被女生甩的年紀了呢！

菲爾原以爲失去了比利這條重要線索，維德會很失望，誰知道對方似乎挺高興的？

察覺菲爾充滿疑惑的打量，維德假咳了聲，收起了看弟弟笑話的幸災樂禍，說起正事：「今早得知你學校發生事情後，我出去了一趟。」

菲爾問：「去學校嗎？」

維德卻搖了搖頭：「不，我去了比利家。」

見菲爾一臉不解，維德耐心對他解釋：「學校已被特警組封鎖調查，闖進去風險太高，而且有用的線索應該已被帶走。反而比利家裡很可能會有線索留下，他也許會把藥藏在家裡，還有他的家人說不定也是知情者。」

菲爾恍然大悟，追問：「那你有找到什麼線索嗎？」

維德看著這個單純的弟弟，有點猶豫是否要把比利家的事告訴他。不過想想當初菲爾看著他團滅追兵時面不改色的模樣，再加上對方不久後應該也會收到消息，便直言：「我到的時候，比利的家已被焚燒殆盡。那裡有十多具燒焦的屍體，應該是留在屋內的傭人與比利的父母。不過這只是我的猜測，死者身分須待警方相驗後才能確定。」

菲爾爲那些逝去的生命感到難過，更懷疑這場火災並不是意外，而是人爲造成的災難。

畢竟發生的時間太過湊巧，比利才剛出事，他的家便沒了，家裡人更全都在大火中喪生。即使比利家裡有留下什麼線索，也隨著這場大火而灰飛煙滅了。

維德認同菲爾的觀點，並且補充：「你猜的沒錯，這不是什麼意外，屋裡的人是被殺死的。雖然我沒有儀器與時間爲死者驗屍，不過單看現場環境已很可疑。如果眞的是火災，死者生前總會嘗試往外逃吧？可是屍體全都聚集在一起，這更像是被人集體殺害後放了一把火毀屍滅跡。」

說罷，維德又道：「另外我駭進了附近的監控，雖然因為角度拍不到有沒有可疑人士出入，但從起火到整座大宅被焚燬，不足十五分鐘。這不是正常火災的速度。」

聽到火災的異樣，菲爾不禁聯想到曾在研究所碰到的那個火系異能者……維德詢問：「隱形藥劑還有嗎？今天去比利家調查時，你給我的那兩瓶我都喝了。」

菲爾沒有藏私，將所有隱形藥劑放到桌上：「暫時只有這些，不過我已經拜託布里安多煉製一些了。」

提及魔法藥劑，菲爾又道：「我想著是不是該哪天拜託布里安，煉製一些魔藥給家人補一補身體？」

維德聞言心裡一緊：「他們怎麼了？身體不好嗎？」

菲爾解釋：「也不是身體不好……只是他們總是非常忙碌，要不便是早早回房間休息，作息非常極端……」

一直默默觀察家人奇怪作息的菲爾，最後得出結論：「我懷疑他們腎虛。」

維德擔憂的表情凝結在臉上：「什麼!?」

菲爾隨即又補充：「或者快要爆肝了。」

維德：「???」

在菲爾的解釋下，維德總算弄清楚菲爾爲什麼會得出這奇葩結論。

菲爾覺得肯恩他們總是有事在忙，忙得沒有了正常生活。在身體受不住後，便早早上床充電，因此晚上總是不見人影。

不是工作便是在休息，這是社畜的可怕輪迴！

菲爾很怕家人們會在某天突然猝死，便想著讓他們喝下改善體質的魔藥。

隨即菲爾又道：「不過我最近好像經常找布里安幫忙……不好意思再打擾他了。也許可以拜託其他魔藥師……」

「不。」早已察覺到布里安有著兄控屬性的維德，覺得菲爾不找布里安幫忙而選擇找別人，對方才眞的會生氣：「還是找布里安吧，你們兄弟關係這麼好，他不會介意的。」

過了一會都沒有聽到回答，維德把視線從魔法藥劑上移開，只見菲爾驚訝得瞪圓了雙目。

看到菲爾震驚的表情，維德也很訝異：「難道你們關係很差嗎？」

維德心想：不可能吧？如果布里安不喜歡你，怎會屢次幫助我們？

「不是很差……」菲爾猶豫道：「只是不熟。」

維德覺得不可思議，追問道：「怎麼會？你們一起生活了這麼多年，還不熟？」

菲爾解釋：「母親不喜歡我們私下接觸，因此我們沒有多少相處時間。其實在以前……我一直以爲布里安不喜歡我。」

維德想起剛認識菲爾時，對方眉宇間總帶著一股陰鬱與愁緒，那絕不是在幸福與充滿愛的環境下成長的孩子該有的模樣。

不過維德有信心，來到格雷森大宅後菲爾絕對能過上好日子，即使他對肯恩仍心有怨懟，但維德不得不承認對方的確是個好父親。

維德心知當年混過黑的自己有多難搞，可肯恩還是將他照顧得好好的。像菲爾這種乖巧的孩子，對肯恩來說理應沒有太大難度。

看看現在的菲爾便能知道，他比維德一開始認識時健談許多。雖然講話的時候依舊沒什麼表情，冷冰冰地看起來很不好惹，可話語已流暢多了。會說的詞彙也豐富起來，不再是聊很久都只回一句「嗯」的狀態。

就是說話時習慣不看別人眼睛這點很不好……表情冰冷就算了，但不看著人就有些不禮貌。

如果是其他弟弟，維德已經出言責備了，然而面對菲爾，維德有些猶豫。

菲爾似乎總認為自己不會被愛，也不值得被喜歡，這讓維德不忍心對他太過嚴厲，對上菲爾時，心總會柔軟幾分。

可再心軟，不好的習慣仍然要改。

想了想，維德雙手捧著菲爾的臉，在對方因為自己突如其來的舉動而愣住之際，維德把自己的臉湊了上去。

二人距離非常接近，菲爾甚至能夠感受到對方的呼吸。

雖然菲爾的表情沒什麼變化，可臉頰早已通紅，維德雙手還能感覺到對方因害羞而升高的體溫。

維德輕笑著，用開玩笑的語氣打趣道：「跟別人說話時，要看著對方的眼睛。我的眼睛這麼漂亮，你不看清楚豈不是吃虧了嗎？」

09

被囚禁的美人

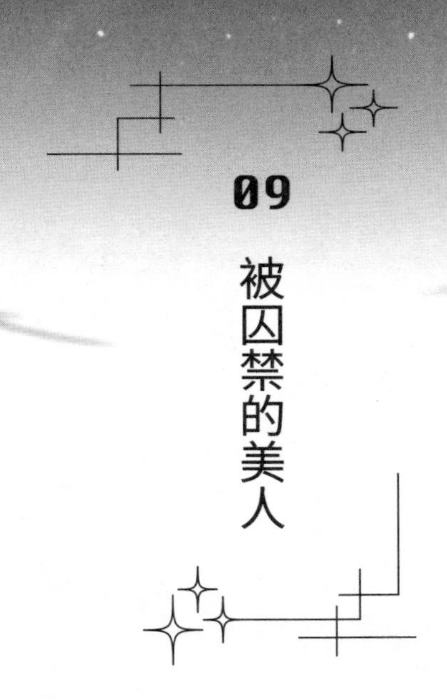

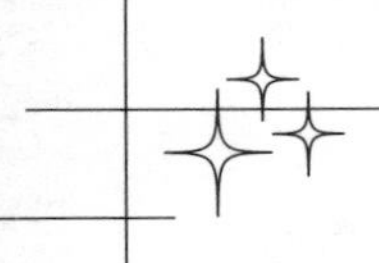

說罷，維德語氣略帶強硬地命令：「菲爾，抬起頭。」

菲爾聞言，不由得愣愣地依言照做。結果一抬起頭，視線便撞進一雙美麗的綠色眼瞳裡。

那是一種帶著灰色、冷清的色調。然而此種灰綠添上鼓勵神采時，似乎變得溫暖了起來。

維德說的沒錯……

他的眼睛真的很漂亮。

在維德鼓勵下，菲爾定定凝望著對方的眼睛數秒，接著便像突然驚醒般匆忙後退，遠離了維德那過於親近的距離。

羞得炸毛的菲爾怎樣也不願意再靠近維德，維德見狀假咳了聲，心想自己好像有點逗過頭了。

於是他轉移話題，向菲爾發出邀請：「明晚要一起去比利家看看嗎？到時候即使還未解除封鎖，但大部分警力應該已經撤走。」

菲爾被成功轉移了注意力，並接受對方組隊的邀請。

維德笑道：「你還沒用過這些隱形藥劑吧？明天正好試試，挺好用的。」

提起隱形藥劑，菲爾又想起今天馮他們聊及格雷森大宅三樓的對話。

作為肯恩私人領域的三樓，足足佔據了大宅的三分之一空間，這可是非常誇張的範圍了。

肯恩是格雷森家族的家主，在菲爾出現以前甚至是這個家的唯一血脈。整座大宅都是屬於肯恩的資產，他當然是想住哪便住哪，誰也說不出任何不是。

然而菲爾知道肯恩不是鋪張浪費的人，他佔據了大宅整整一層，可一個人根本用不到那麼大的地方，這就很奇怪了。

三樓真的非常神祕，平時的打掃由阿當控制機器人處理，無論是肯恩的兒子們、管家伊莉莎白，還是一眾傭人，誰也不許踏足。

剛來到格雷森大宅時，菲爾還處於與新家人相處的焦慮中，他甚至覺得自己會在某天被肯恩送走，因此沒有心力顧及其他。

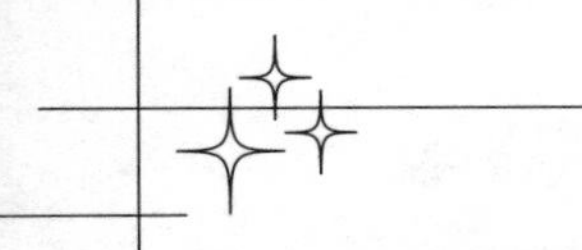

現在已在格雷森家安定下來，菲爾一直壓抑著的冒險之魂便緩緩甦醒！

菲爾從小就進出各式各樣的祕境尋寶，除了是約翰遜家族的要求，菲爾本人也非常享受探險的樂趣，以及經歷艱辛後獲得寶物的快樂與滿足。

格雷森大宅那只有家主能夠出入、對外人封閉的三樓，對菲爾來說不亞於充滿未知的祕境。特別是這個祕境就在自己居住的大宅裡，是他觸手可及、可以探險的地方！

這個誘惑對菲爾來說實在是太大了。

就像一個有酒癮的人，把美酒放在家裡的顯眼位置，即使一開始能夠忍受誘惑，可是一天、兩天……總有天會忍不住把酒喝掉的！

現在的菲爾，便是那個被美酒誘惑得快要把持不住的人。

冒險的心在蠢蠢欲動呢！

雖然很想立即到三樓一探究竟，但有豐富探險經驗的菲爾知道事前準備的重要性。

偷偷闖入大宅三樓的危險性不比祕境，若被發現很有可能會導致身分危機，菲爾得格外謹慎看待。

他對這處私人領域一無所知，輕率闖入翻車的可能性極大，菲爾得先搜集情報。

然而他不能詢問馮他們，先不說他們會不會阻止自己，在這些兄弟眼中菲爾只是普通人，雙方有很大的訊息差，菲爾不認為他們能給予自己很好的建議。

這麼一來，在格雷森大宅居住多年、已與肯恩不再往來、亦知道菲爾法師身分的維德，便成為他諮詢的最佳人選。

於是菲爾詢問維德：「我打算今晚趁家裡沒人，喝過隱形藥劑後上三樓看看。你知道有什麼要注意的嗎？」

維德看著一臉乖巧的菲爾，突然有些同情肯恩。

果然看起來再乖，肯恩的兒子就沒一個不搞事的！

維德懷念地回憶道：「想當年我也對三樓很好奇，曾偷偷闖進去，可惜很快

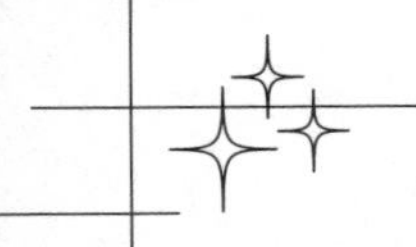

就被阿當發現。不過你有隱形藥水的話……說不定眞的能混上去不被發現。」

說到這裡，維德雙目一亮：「要是你眞的成功，到時候告訴我三樓到底是怎樣的情況，我好奇很久了。」

菲爾點了點頭，又問：「只有監控，沒有鎖門嗎？」

維德笑道：「當然，那一層是肯恩的私人空間，又不是監獄，應該只有一些辦公室等重要房間才會鎖門。」

說罷，維德鼓勵菲爾：「儘管去闖沒關係，即使被抓也只會被訓一頓而已。這是曾經的前輩的經驗，沒闖過三樓的人算不上肯恩的兒子。馮與蓋倫都挑戰過，安東尼我不知道……但我猜這些年他也有偷偷嘗試上去。」

菲爾聽後哭笑不得，難道闖關三樓是孩子們的必戰關卡嗎？

不過越是被告誡不能踏足，的確便越是有吸引力，就像藍鬍子的房間，不見好幾任新娘都管不住自己的好奇心嗎？

何況闖入藍鬍子房間的新娘會被殺，可菲爾闖三樓禁地被發現頂多是一頓責罵而已，相較起來很值得呀。

不過菲爾還是不希望行動失敗，畢竟被抓現行他就得要費心隱瞞隱形藥水的存在，而且對於闖過各種祕境的菲爾來說，在家裡被抓到絕對是冒險生涯的污點！

身爲乖寶寶的菲爾鮮少忤逆長輩，如果定下規則的人是安妮，菲爾一定不會去做這種會惹母親不快的事。

可在格雷森家，有幾個兄長闖過三樓的先例，以及肯恩對自己包容的態度，這些讓菲爾有了任性的勇氣。

菲爾謹愼地讓維德努力回憶更多細節，搞得好脾氣的維德都有點煩了：「你不用這麼緊張，三樓沒任何致命陷阱。我敢說肯恩定這個不能上三樓的規矩，十居其九是爲了防止女傭爬床。聽說以前爬床的女傭數量驚人，他的房間簡直成了那些女生的打卡景點。」

聽到維德嘲諷滿滿的話，菲爾眨了眨眼睛，道：「可我聽蓋倫說，三樓的規則是因爲肯恩在那裡囚禁了一個金髮美人呢！」

維德：「……」

維德甘敗下風。

他不得承認，在造謠自家老父親方面，蓋倫已經青出於藍了！

◇◇◇

在菲爾密謀著要前往三樓探險時，肯恩等人也正在忙碌。

稍早之前，有幾個學生忐忑不安地前往特警組的總部尋求幫助，他們都是從比利手中購入「神藥」的學生。

服用禁藥一事他們當然不會大肆宣傳，就連這些孩子的家人都不知道。幸好他們也沒有蠢得太徹底，比利出事後，這些學生察覺到大事不妙，選擇把事情告知父母，並在家人的陪同下報警。

可惜有兩名學生在前往警局的過程中發生變異，不僅無差別攻擊四周的人，甚至連自己父母都不放過。當時情況危急，街道上行人很多，爲了保護他們，只能將兩名變異學生擊斃。

經此一事，他們更確定所謂的「神藥」便是讓人變異的元凶。變異的人會失去人類擁有的情感與理智，他們就像身處人群中不知何時會爆炸的炸彈，必須盡快找出所有服用過神藥的人，確保沒有漏網之魚。

可惜那些主動投案的學生都不知道比利到底將藥賣給了哪些人，即使是那些與他一夥的小混混，比利對他們也是三緘其口，從沒透露過神藥的來源。

很多受害者直至到了警局，才驚覺身邊有不少認識的同學都喝過神藥。

畢竟比利的交友圈不算大，只能往熟識的人推銷，他們大多在同一個圈子，自然彼此認識。

這些喝過神藥的學生全都不知內情，特警們沒辦法，只能先讓他們一一體檢，並將希望放到比利家人的身上。

比利出事當下，他們已看過對方的資料。雖然比利在學校是出名的問題學

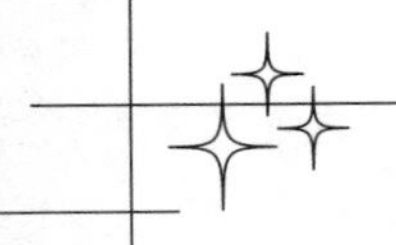

生，但因家裡管得嚴，他只敢在學校橫行霸道，連幫派都沒有加入。

反倒是身爲富商的亨百特，被查出涉及一些非法交易。因此相對於比利這個未成年學生直接從黑市或幫派購入藥物的可能性，警方更偏向他是經由家人、比如父親，生意的渠道中獲取。

然而不待他們找亨百特詢問，便得知比利家裡發生火災，家中人無一倖免，全數葬身火海。

收到這個消息時，肯恩他們的想法與菲爾一模一樣——這場火災，出現的時機未免太過巧合。

於是案情再次陷入瓶頸。

安東尼身爲全程目擊比利變異的目擊者，再次被肯恩問起過程中的各種細節，試圖尋找有沒有被忽略的地方。

可惜即使安東尼再複述了一次，他們依舊未能獲得其他有用的情報，不得已只能期望比利家人的驗屍報告，以及所有喝下神藥的人的體檢資料了。

看向身邊忙碌著的同伴，安東尼眼中閃過一絲歉疚。兩次敘述案情，他都故意隱瞞了一件很重要的事。

在比利撲向自己時，突然平空出現了一道由光影組成的護盾，把他與比利隔了開來。

這道閃耀著光芒的護盾非常神奇，看起來不像科技產物，更似某種防禦異能。當時在場的人就只有安東尼、比利與菲爾。

安東尼看不到是誰使出這道光盾，可只要刪除了不可能的人選，剩下的很有可能就是答案。

出手的人不是自己，更不可能是變異後一心想置他於死地的比利。

那麼，便只剩下菲爾。

原本在校外等待司機接送時安東尼便想詢問對方，偏偏開口前蓋倫正好出現。回家後安東尼便忙了起來，暫時未找到機會向菲爾證實。

但安東尼注意到，菲爾送給他的那個鑽石鑰匙圈似乎變得灰暗。雖然變化並

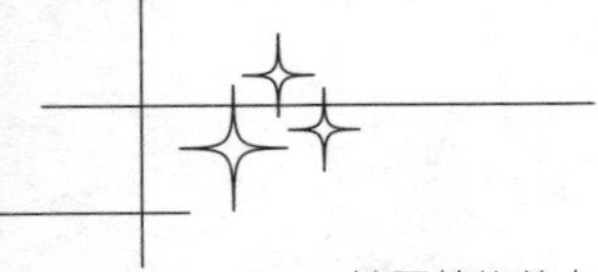

不明顯，並且過了一段時間後漸漸恢復原狀，但安東尼還是看得出差異。這讓他更加懷疑那時出現的光盾與菲爾有關。

菲爾從來沒有向他們展示過自己的異常，出於對兄弟的尊重與信任，安東尼決定先為菲爾將這事情隱瞞下來，找個機會與他談談再說。

這麼想著的安東尼，處理文件的動作不由得加快了幾分。

此時被安東尼惦記著的菲爾，正在家裡偷偷摸摸地幹壞事。

從維德那裡獲得三樓的基本情報後，菲爾決定打鐵趁熱，趁今天所有家人都有事外出，菲爾打算偷偷闖入三樓看看。

菲爾選擇在晚上十點以後進入三樓，這個時間傭人已經下班，管家伊莉莎白也回房休息了。家裡沒有任何人，喝下隱形藥劑的菲爾暢通無阻地來到三樓。

整個過程非常順利，順利得甚至讓菲爾感到有些無趣。

也許在非法研究所大門遭困的經歷讓菲爾產生了陰影，他偷偷上三樓時不斷在腦海中思索該怎樣對付高科技的密碼鎖、無處不在的巡邏機器人，以及監視器。

然而實際進入三樓後，菲爾發現自己想多了。他一直在腦海中與自己的幻想鬥智鬥力，結果鬥了個寂寞。

樓梯的出入口雖然設有監控，可是沒有閘門阻擋，隱身的菲爾很輕易便能進入。

機器人也是有的，但數量不多，而且似乎正在忙著打掃？

總而言之，菲爾很輕鬆地來到了三樓。雖然過程不夠緊張刺激，但來都來了，菲爾還是高興地東張西望，藉此機會好好滿足一下對這個禁區的好奇心。

這一層看起來與二樓差不多，就連走廊地毯及牆身裝飾也一模一樣。不過菲爾仍細心地注意到，這裡的房間與二樓有很大區別。

也許因為整個三樓都是肯恩的私人區域，房間根本沒有關門的必要，因此許

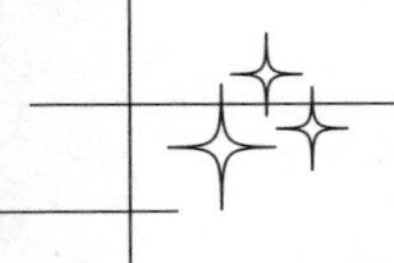

多房門大大打開，倒是方便了菲爾窺探。

菲爾在每個房間簡單地閒逛了一圈便離開，沒有觸碰與翻找房裡的任何東西。途經的房間不外乎是起居室、書房等，與二樓格局差距不大。偶爾有些房間鎖了門，也許放置了比較重要的文件與私人財物。

總而言之，三樓似乎是一個很有生活感、跟二樓看起來差距不大的地方？

可走著走著，菲爾很快便推翻了剛剛的猜測，並且總算知道肯恩爲什麼要佔據整層三樓這麼大的地方了。

因爲接下來他看到的空間，不再是簡單的房間，而是打通了幾個房間後設置的圖書館。

菲爾愈看愈是疑惑，明明大宅一樓的公眾區域已經有圖書館了啊？爲什麼肯恩要在三樓多建一個？

難道只是爲了感受一下獨自雄霸圖書館的樂趣嗎？

想到這裡，菲爾搖了搖頭，覺得這樣想有點失禮。肯恩之所以這麼做，一定有更深層的意義。

比如在私人區域多建一座圖書館，是因爲裡面存放的都是見不得人的書籍？像是黃書珍藏之類……

如果讓肯恩知道現在菲爾心中所想，他一定會告訴菲爾：你這想法才失禮。

可惜肯恩不在現場，只能任由菲爾在心裡猜測這座圖書館到底有什麼內幕，並興致勃勃地進入裡面探險。

然而裡頭收藏的書籍卻出乎意外地「普通」——雖然經歷多年戰爭後，能夠保留下來的珍貴書籍怎樣都算不上普通——完全不是菲爾所想像的見不得光的東西。

再往前走，菲爾來到了影音室，同樣是公眾區域已有的設施。

與圖書館一樣，這裡能夠觀看的影片和音樂都很普通，跟一樓影視室裡的選擇似乎沒有太大分別。

這可把菲爾弄迷糊了，他搞不懂爲什麼肯恩要在三樓弄設置這些娛樂設施，直接到一樓使用不就好了？難道眞的只是爲了獨享個人時光嗎？

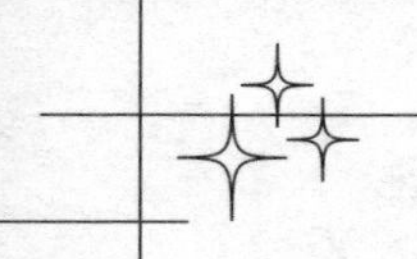

離開影音室後，菲爾甚至陸續發現了收納不同棋類的棋室、一間健身室、一間遊戲室……甚至還有一間小型博物館！

也太誇張了，三樓是什麼私人旅遊區嗎？

除了娛樂設施外，這裡還有一間面積不小的廚房，裡面的器具均有日常使用過的痕跡。

這次的探險雖然讓菲爾窺探到三樓這塊神祕區域，然而滿足了好奇心的同時，菲爾卻又覺得心裡的疑惑變得更多了。

把所有能進入的房間都看過以後，便只剩下那些關著門的空間。

菲爾沒打算進去這些特意關上門的地方，他只是對三樓感到好奇，不是特意來窺視肯恩私生活的變態。

就在菲爾要轉身離開之際，其中一道關著的房門突然被打開了。

菲爾被嚇了一跳，第一時間想到的是肯恩從房裡出來。偷偷闖入禁地的他，即使知道自己仍身處隱身狀況，依然心虛又緊張地屏住了呼吸，就怕引起對方注意。

然而下一秒菲爾便反應過來，肯恩不是因爲緊急工作而出門了嗎？

那……打開房門的人是誰？

家裡進賊了？

菲爾更加緊張了，此時房門已被完全打開，從裡面走出一個陌生人。

那是一個非常漂亮的男人，他有著中性而美麗的容顏，一頭罕有的銀白長髮束成馬尾。

即使只穿款式舒適簡單的家居服，但因顏值太過奪目耀眼，當他從房間走出來時，室內的燈光也彷彿因他的出現而變得熠熠生輝。

菲爾身邊的人都長得不錯，他的母親安妮便是魔法界出名的大美人。到了格雷森家，他那些沒血緣的兄長們也沒一個醜的，不然也不會那麼多人相信肯恩喜歡漂亮的小男孩。

因此菲爾早已看慣漂亮的人，但這男人的容貌依然讓他感到驚艷。上一次能給他這種感覺的，還是與肯恩的初次見面。

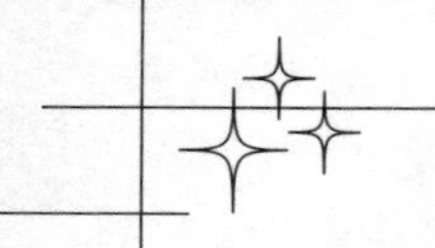

要知道肯恩可是公認的美男子，長年霸佔著全球最英俊男子的榜首。這個陌生男子能夠給予菲爾同樣的驚艷，可想而之，他的容顏與氣質到底有多引人注目。

肯恩是俊美的，貴氣且風度翩翩；眼前男子卻又是另一種好看，他就像一個謎團，渾身散發著神祕而優雅的氣質。

很多老人的頭髮會變得花白，看起來髒髒的不好看。但男子這頭長髮卻沒有一絲雜色，像一塵不染的白雪般，非常漂亮。

菲爾難以判斷這人的年紀，他應該不小了，然而過於耀眼的容顏與光滑的皮膚卻又讓他顯得年輕。偏偏他擁有一頭罕見的白髮，但在他身上卻完全不顯老，反而襯得他像個不食人間煙火的仙人。

簡單來說，長得好看的人，怎樣看都賞心悅目。

然而再賞心悅目，也無法掩蓋他的異常。

菲爾的目光無法控制地往男子頭頂上瞄。

雪白的髮絲中，豎立著一雙毛茸茸的白色貓耳朵！

菲爾不清楚這到底是玩具還是真的耳朵，現在的玩具幾可亂真，聽說還能夠隨佩戴者的心情而活動……剛這麼想的菲爾，便看到那雙貓耳朵抖動了下！

明明是看起來如仙人般冰清高潔的人，結果頭上卻頂著一雙貓耳……而且還意外地適合，這大約便是所謂的「反差萌」吧？

對方怎樣看都不像入室偷竊的賊人，而且他閒庭信步的模樣實在太過隨意，彷彿這裡是他的家。路過監控時不閃也不避，阿當亦沒有因爲這人的出現而響起警報……

種種異狀讓菲爾壓下在家看到陌生人想報警的衝動，選擇尾隨對方看看情況再說。

菲爾愈看，愈覺得這人給他的感覺有點熟悉，心裡忍不住充滿疑惑。

如此出色又特別的人，菲爾相信自己只要見過便不會忘記，然而無論再怎樣想，都無法在記憶中找出對方的身影。

光是辨識度這麼高的白髮，見過的話便不可能會忘記。

菲爾苦苦思索著眼前人的熟悉感到底是怎樣來的，邊尾隨陌生人來到廚房。

只見男人打開了冰箱，拿出了兩顆雞蛋。

一旁的機器人見狀，上前想要接過雞蛋。男子卻輕輕敲了敲它，笑道：「我自己來就好。」

隨即他邊炒蛋，邊與操控機器人的阿當閒話家常起來！

見對方與阿當如此熟稔，這人不僅不是進入三樓偷盜的小偷，甚至很有可能是長居三樓的住客。

如此一來，對方的身分便很耐人尋味了……

這人，到底是誰？

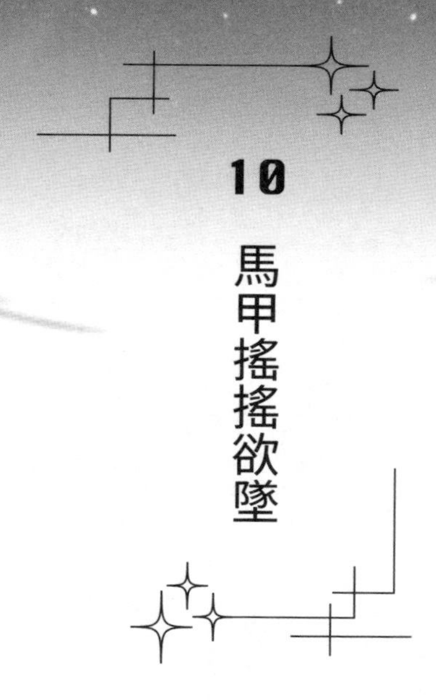

10

馬甲搖搖欲墜

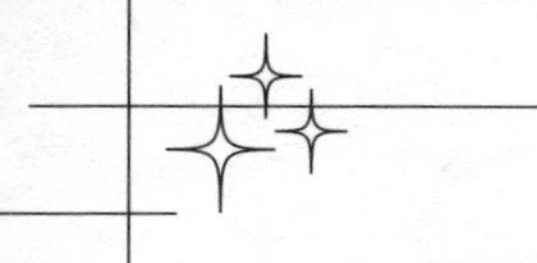

菲爾腦海裡浮現起蓋倫的聲音：「原來你也是這麼想的嗎？小時候我曾在三樓窗邊見過一個長髮人影閃過。說不定那裡真的藏著一個長髮美人，有魔法長髮，喊『長髮公主』時會把頭髮垂下來！」

菲爾：「……」

蓋倫，你錯了。

父親喜歡的不是長髮公主，而是貓耳男！

這想法冒出，菲爾靈光一閃，突然悟了。

那雙貓耳……該不會……是情趣玩具嗎？

父親玩得眞花……不不不！應該不至於吧？

也許只是我想多了，說不定對方是個異能者，這是異能的一種。或者那是小孩子玩的貓耳玩具，他只是單純戴著玩？

就在菲爾滿臉通紅地自我說服時，阿當操控著另一個家務機器人進來。機器人靈活的爪子拿著一個購物袋，只聽阿當道：「老爺今天不回來了，這是他託我帶回來的禮物。」

「肯恩最近似乎很忙呢！」男子像是試探，又像是隨意地感嘆了一聲。阿當沒有回話，更沒有順勢談及肯恩到底在忙些什麼。男子見狀也不在意，笑咪咪地從購物袋裡拿出禮物。

菲爾好奇地探頭張望，見男子拆開包裝，取出包裹其中的熊耳朵。

菲爾：「……」

所以……這果然是父親送的禮物嗎？

不小心看到父親與他情人的奇怪play，該怎麼辦？

果然藍鬍子的房間是不能隨意打開的！

菲爾雙手摀臉，覺得以後都無法正視那些佩戴在頭上的玩具耳朵了！

男子不知旁邊有人因爲他的禮物而風中凌亂，他捏了捏手裡的新玩具，笑道：「這次是熊耳朵啊……手感還挺好的。」

說罷，他脫下了頭上的貓耳，將熊耳朵換了上去。

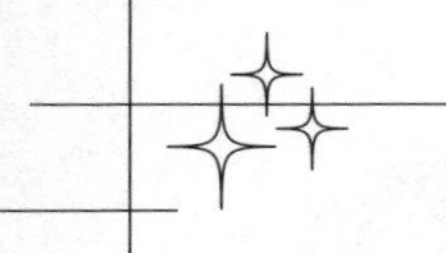

相較於尖尖的純白貓耳，圓潤的熊耳朵顯得更加可愛，讓笑盈盈的美人變得憨態可掬。

菲爾眨了眨眼睛，忍不住再次在心裡感嘆道：「他眞好看啊……」

突然有些理解肯恩爲什麼要把人藏在三樓了。

菲爾肯定自己從沒見過這男人在大宅走動，要不是三樓有著能夠出入的祕密通道，要不，便是他的活動範圍只在這一層。

菲爾腦中不禁浮現自己來到三樓後所見，這裡有著不少娛樂設施，塞滿冰箱的各種食材應有盡有……還眞的滿足了生活所需，不用離開也能在這裡生活好一段時間。

如果說那些影音室、遊戲室、健身房與圖書館等設施，是爲了讓久留在三樓的情人解悶，重複設置的做法便有了解釋。

這麼一想……細思極恐啊……

肯恩爲什麼要把人藏在這裡？這人是有什麼見不得人的地方嗎？

眼前這個男子……他……是自願的嗎？

菲爾不願把肯恩往不好的方向揣測，可是三樓的祕密實在太過驚人，任誰發現家裡原來一直藏著個陌生人，而且完全不知道對方在這裡住了多久、甚至不知是否遭到禁錮，絕對淡定不了！

要是肯恩眞的無視對方意願把人關在此處，便已涉及犯罪了！

這名男子看似能自由活動，可菲爾注意到出入三樓的必經之路都有監控，阿當能第一時間察覺是否有人經過。

這裡的家務機器人數量很多，之前菲爾以爲是因爲三樓沒有傭人進出，可也許都是在防著男人逃跑？

菲爾愛著格雷森的家人，也很喜歡在這裡生活的氛圍，可要是肯恩眞的做出非法禁錮的事，他的良心與正義感會令他無法視而不見。

他在心裡安慰自己，這人看起來愉悅又放鬆，不像被囚禁的模樣，說不定只是三樓有祕密通道，所以他們才從沒見過對方出入。又或者這人是個不喜歡外出的宅男，留在三樓生活是自願的呢？

菲爾全神貫注地注意男子與阿當之間的互動，試圖從蛛絲馬跡中尋找眞相。然而戴上熊耳朵後，青年卻不再與阿當交流了，而是自顧自地做著自己的事。阿當也在確定對方不需幫忙後，讓機器人離開了廚房。

這讓滿心想找答案的菲爾急得搔首抓耳，卻又莫可奈何。

此時菲爾突然想起男子離開房間時，好像沒有順手關門!?

現在已經不是顧慮他人隱私的時候了，菲爾判斷一時半刻應無法從男子身上獲得新的資訊，便離開廚房來到對方的房間。男子果然沒有關門，菲爾見狀，輕手輕腳地溜了進去。

經過菲爾的觀察，對方的房門前設有監控鏡頭，就連窗戶都設有感應器，也就是說男子出入房間都會受到監視，離開則會立即驚動監控。

肯恩是變態罪犯的嫌疑大大提升！

好消息是，男子房裡沒有發現監控鏡頭，至少他沒有被人二十四小時窺看私生活……肯恩倒也沒有想像中變態……

肯恩的變態指數稍稍下降。

菲爾簡單打量過房裡的擺設與格局，發現這裡只有一個人的生活痕跡，像牙刷、毛巾、枕頭這種私人物品也只有一套。

也說是說，肯恩沒有與男子同房居住。

很好，肯恩的嫌疑也下降了一點點。

爲免引起注意，菲爾沒有翻動房裡的任何物件。確認完後，他折返回廚房，發現男子已煎好蛋，並拿到餐桌上正大快朵頤。

之前男子與阿當聊天時，菲爾還能從中得到一些資訊，可現在沒人說話，他就只能乾盯著男人吃東西了。

雖然對方動作不疾不徐，顯示出良好的教養，搭上漂亮的臉蛋，看著讓人賞心悅目，可這麼耗下去也不是辦法啊！

就在菲爾想著是不是該再到處逛逛、看看有沒有什麼新的線索時，背對著監控的男子突然勾起了嘴角，小聲說道：「你心裡是不是有很多疑問？明天同樣時間來這裡找我，我把事情告訴你。」

菲爾嚇得連退幾步，強忍住不發出驚叫聲。

男子剛剛的那番話，顯然是對他說的！

難道他看得見我？

菲爾第一個想法是他不小心誤了時間，錯過了補喝魔藥。可確認後，發現魔藥還沒到失效的時候。

隨即菲爾又猜測是不是魔藥煉製過程中出了差錯，或者男子擁有破除魔法的道具，因此能夠看見喝下隱形魔藥的人。

這想法一出，菲爾立即感受四周的魔法元素。要是對方真的使用了魔法道具，他能夠從殘留的魔力中看出端倪。

然而男子身上卻感應不到絲毫魔力，反而讓菲爾察覺到一絲非常熟悉的氣息。

彷彿看出菲爾的疑惑，男子挽起衣袖，露出戴在左手的金色手鐲。

手鐲泛著淡淡的香檳金，顏色雖然高雅，但一看便知不是純金。要是讓不識貨的人看到，也許會誤以爲這手鐲是便宜貨，但菲爾一眼認出這其實不是金屬所製，而是用了一種稀有的靈石，在魔法界中也是相當珍貴的魔具材料。

手鐲充滿流暢的線條美，菲爾欣賞工藝的同時更有種奇怪的親切與熟悉感。

這用料、這款式……與其說手鐲的設計完全符合菲爾的審美，倒不如說這是他會設計出來的造型。

不只設計，它的工藝簡直像出自菲爾之手，要不是菲爾肯定自己沒有打造過這只手鐲，他幾乎以爲男子佩戴著自己打造的魔法飾物了！

被手鐲異常的熟悉感吸引的同時，菲爾也注意到男子的視線沒有對準自己，而是毫無焦距地看向虛空……這人明明看不見菲爾，不知爲何感知到他的存在。

不待菲爾反應過來，男子又說道：「我知道你有很多事情想詢問，但你還是先回房間比較好。」

男子剛說罷，菲爾留在自己房裡的魔法警報被觸發了！

每次偷偷離開，菲爾都會用魔法在房內留下一個自己的替身。替身是魔法複製出來的殘影，但能夠被觸摸，也會做出簡單的反應。雖然它無法說話，可足以短暫糊弄別人了。

爲節省魔力，平常替身都待在床上不動，只有在有人到房間找菲爾時才會眞正啓動。替身啓動後，菲爾會察覺到魔力的波動，等同於一道警報，讓他能在露出馬腳前盡快趕回去。

家裡人晚上不是早早休息，便是忙著工作與學業，從未在菲爾夜遊時到房間找他，這還是替身首次被觸發！

要避免被人察覺不妥，菲爾得立即在替身露出破綻前趕回去，因此再想向眼前男子問個清楚，也不得不承認對方的話是對的——他確實要離開了。

雖然看不到菲爾，但感受到對方風風火火離開時帶出的微風，男子輕笑了聲，小聲說道：「明天見。」

菲爾滿懷心事地趕回房間，心裡猜測著到底是誰來房間找自己？家裡人不是都有事外出了嗎？

很快地，騎著掃把從露台回到房間的菲爾，便看見安東尼一臉擔憂地照顧著「臥病在床」的自己。

稍早之前，安東尼完成了手上工作後，提出希望回家休息一下。

身爲特警組唯一的實習生，安東尼一直想要展示自己的才能，希望能夠獲得大家的認同。因此每次工作都很認眞，還總是主動包攬一些不是他負責的事務。

這次安東尼罕有地主動提出先行離開，讓肯恩有些驚訝：「是有什麼事情嗎？」

安東尼解釋：「今天碰到這麼危險的事，我有點擔心菲爾會害怕，想回去陪陪他。」

肯恩很高興兩個年紀相若的兒子感情這麼好，加上他也有些擔心菲爾，便點

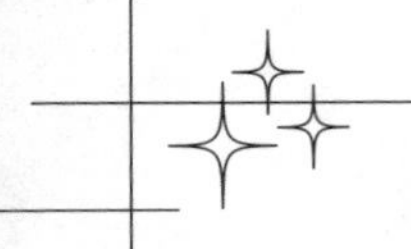

頭放行。

安東尼沒有說謊，他趕著回去固然是想找菲爾聊聊天，詢問今天早上出現的光盾是不是出自他的手筆，可他也確實擔心著對方，不想讓對方晚上獨自一人待在家裡。

今天才剛經歷過生死危機，可家人都因忙碌而忽視菲爾，怎樣看都覺得對方很可憐！

懷著對菲爾的擔憂，安東尼敲響了房門，很快門便被「菲爾」打開。然而開門的「菲爾」卻沒有說話，而是指了指自己的喉嚨，示意他喉嚨不舒服。

安東尼見菲爾竟然連話都說不出來，頓時把什麼光盾的都拋諸腦後，緊張地連聲追問：「你喉嚨痛嗎？我離開時你還好端端的，怎麼突然這麼嚴重？」

菲爾正好在此時趕回，他佩戴著碧璽戒指的手虛按在正在充電的充電器上，隨即魔法引起的電流令家裡跳電了。

雖然電力很快恢復，可那一秒黑暗中，菲爾順利收起替身，並取代它的位置。

安東尼皺起眉，奇怪地詢問：「怎麼跳電了？」

替換回來的菲爾裝出沙啞的嗓音，道：「好像有股燒焦的氣味……」

安東尼馬上發現到冒煙的充電器，連忙拔起插頭。看到充電器都變形了，一副充電充了好幾天都沒有拔掉的模樣，他嚴肅地詢問菲爾：「你充了多久的電？」

其實沒有太久，不過菲爾既然要將跳電的原因歸咎於這個充電器，當然不能說實話了，只得含糊道：「不記得了……」

菲爾被安東尼教訓了一頓，別看他平常總是笑容滿面、像個小太陽，可板起臉訓人還是挺嚇人的。

菲爾連忙認錯，態度非常誠懇，還假裝很不舒服地頻頻咳嗽，努力提醒對方他是個可憐的病人。安東尼見他認錯態度良好，這才放過他。

「你聲音都沙啞了，剛剛我還以為你說不出話呢！要不我叫家庭醫生過來給你看看？」安東尼擔憂地提議。

菲爾搖了搖頭，道：「不用了……只是今天烤肉吃得太多，所以喉嚨有些不

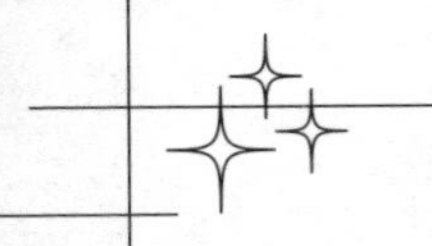

舒服……沒有生病，就不麻煩醫生跑一趟了。」

一開始安東尼被菲爾不說話的模樣嚇到，不過很快他便發現對方的病情沒有想像中嚴重，雖然聲音很沙啞，但不至於完全說不出話。

如果是因爲烤肉所以喉嚨不舒服，那的確不用急著找醫生，於是安東尼認同了菲爾的話，並且很鋼鐵直男地叮囑：「不舒服記得多喝熱水。」

菲爾應允了下來，並詢問：「找我有什麼事嗎？」

「嗯，有件事情要問你。」安東尼道出來意：「今天我被比利攻擊時，出現一道光盾護住我，這是你的異能嗎？」

菲爾想不到安東尼這麼快便將光盾的出現聯想到自己身上，他的心臟怦怦亂跳，聲音大得他都猜測對方會不會聽到了！

緊張地嚥了嚥口水，菲爾強行讓自己不要表現得太過心虛。他沒有直接否認，而是反問道：「爲什麼你會覺得與我有關？」

「因爲當時在場的就只有我們三個。」安東尼指出。

菲爾反駁道：「有可能不只我們，也許還有其他人躲在旁邊，只是我們沒注意到！」

安東尼沒有表示相不相信菲爾，他逕自拿出對方贈送的鑽石鑰匙圈，說出了自己的發現：「回家後，我發現鑰匙圈上的鑽石變得黯淡了些。我總覺得時間太湊巧，直覺告訴我鑰匙圈的異狀與光盾有關。」

菲爾想要否認，反正安東尼沒有證據，他只要說一聲「不是」就好。

然而否認的話到了嘴邊，他卻猶疑了。

菲爾想起自己選擇隱瞞身分，主要是因爲普通人牽扯上神祕並不是一件好事，往往會爲他們帶來危險。家裡都是普通人，菲爾認爲他們像以往一樣過著平淡而安穩的生活就好。

不過現在回想當時安東尼與比利戰鬥時的武力值，再想到馮與蓋倫在家裡舞刀弄槍，以及肯恩輕而易舉便能制止他們……菲爾又覺得他們其實沒有自己想像的柔弱，面對危險時也是有自保的能力。

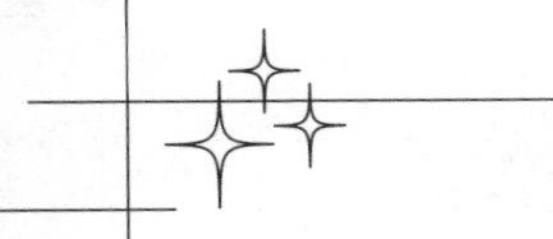

除了顧及他們的安危外，還有另一個原因，便是菲爾害怕家人得知眞相後，會嫌棄或畏懼他。

可在格雷森生活了一段日子後，菲爾已不像剛開始那般戰戰兢兢了。不知不覺間，菲爾一直懸浮的心踏實了下來，感受到自己在這個家裡有著一席之地。

安東尼是家裡第一個向自己釋出善意的人，何況對方已察覺到端倪，這讓菲爾忍不住心動，想把一直隱藏著的身分告訴對方。

可是，眞的可以嗎？

菲爾相信安東尼對自己的喜愛是眞心的，可對方在知道他的法師身分後，眞的不會厭惡他，不會把他視爲異類嗎？

他眞的可以……對安東尼坦言一切，付出自己的信任嗎？

安東尼看著沉默良久的菲爾，並沒有催促對方，任由對方思考清楚接下來的回答。

見到菲爾的反應，安東尼幾乎可以肯定今早出現的光盾與對方有關了，只是他仍希望能夠聽到菲爾的答案。

如果菲爾否定他的猜測，他便不會再追問下去，光盾的事也會藏在心底，不會告訴任何人。

安東尼理解菲爾的顧忌，畢竟他同樣有事情隱瞞著對方！

可若菲爾承認了光盾的確來自於他的力量……那正代表著對方真正把自己視爲家人，並且全心全意地付出信任。

如此一來，安東尼也必定回以相同信任，絕不會辜負他。

安東尼默默地等待著答案。

菲爾……會怎樣回應呢？

《格雷森家，禁止異能魔法！3》完

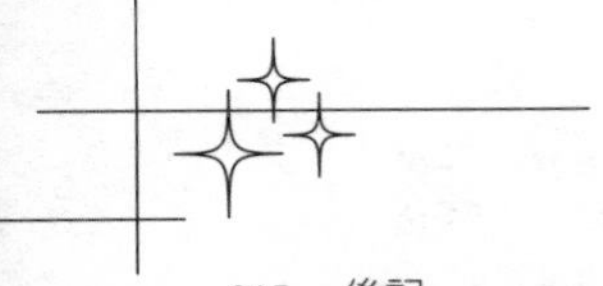

後記

大家好！

雖然你們看到這篇後記時應該有些晚了，但還是補祝各位二〇二四新年快樂！也許還有農曆新年快樂？祝大家身體健康！萬事如意！

先照慣例來個溫馨提示，介意劇透的話請先看內文喔。

這一集中，格雷森大宅三樓的祕密終於浮出水面了！不知道在故事剛開始提及三樓是只有肯恩出入的禁區時，大家有沒有覺得很奇怪，並對此生出疑心呢？

貓耳男的身分會在下一集揭曉，大家可以猜猜他到底是誰。這個角色的名字曾經在內文裡出現過，應該不難猜的。

另外到第三集，終於有格雷森家族的成員（維德不算XD）對菲爾的身分起疑了！被安東尼追問時，菲爾的心情大概是既想坦白，但又怕受傷害吧？

想到他備受驚嚇的模樣，我便忍不住在心裡暗笑。以往故事的主角都是比較強勢、或者性格較爲成熟的角色，像菲爾這種類型的主角算是我的新嘗試，寫起來特別有趣呢！

寫這篇後記時正值跨年後不久，大家今年在哪裡倒數呢？

我很怕外出人擠人，因此選擇留在家裡與家人一起過，平平淡淡地跨年也是一種幸福吧！

回顧二〇二三年，曾在後記跟大家說過想學習花藝，這一年完成了這個新挑戰。我覺得挺好玩，成品還能夠帶回家，將來有空說不定還會再報名相關課程。

另外這一年把《光之祭司》完滿結束了，可惜年初書展因爲疫情影響，來不及辦理入台證前來台灣與大家見面，但還是非常感謝一直支持《光之祭司》的大家。

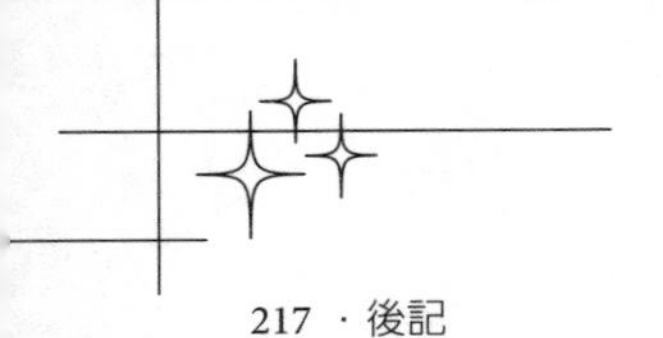

最後不得不提在二〇二三年開始了新書《格雷森家，禁止異能魔法！》的寫作，希望大家會喜歡這本小說。

至於二〇二四年的展望，首先是台灣與香港全面通關了，我終於可以久違地來台灣書展與大家見面啦！

另外有計畫與朋友到紐西蘭旅行，這是我還未曾踏足過的美麗國度，我挺期待的呢！

當然還有繼續格雷森系列的寫作，新的一年也請大家多多指教！

感謝你們對作品的喜愛，以及一直以來的支持！

香草

格雷森家，
——禁止異能魔法！

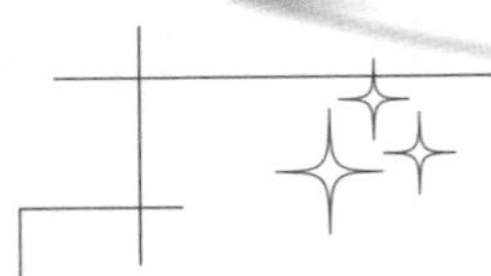

下集預告

困於老宅三樓的神祕男子，身分終於揭曉。
竟然是一個赫赫有名的那人！？

菲爾調查禁藥事件時，遭遇異能特警埋伏。
戰鬥無可避免，一觸即發！

《格雷森家，禁止異能魔法！ 4》
2024，敬請期待！

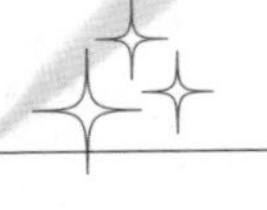

國家圖書館出版品預行編目資料

格雷森家，禁止異能魔法！／香草 著.——初版.
——台北市：魔豆文化出版：蓋亞文化發行，
2024.02
冊；　公分.（Fresh；FS221）
ISBN　978-626-98204-1-2（第三冊：平裝）
857.7　　112021877

格雷森家，——禁止異能魔法！

作　　者　香草
插　　畫　Gene
封面設計　克里斯
責任編輯　林珮緹
總 編 輯　沈育如
發 行 人　陳常智
出 版 社　魔豆文化有限公司
發　　行　蓋亞文化有限公司
地址：台北市103承德路二段75巷35號1樓
電話：02-2558-5438　　傳眞：02-2558-5439
電子信箱：gaea@gaeabooks.com.tw
投稿信箱：editor@gaeabooks.com.tw
郵撥帳號 19769541　戶名：蓋亞文化有限公司
法律顧問　宇達經貿法律事務所
總 經 銷　聯合發行股份有限公司
地址：新北市新店區寶橋路二三五巷六弄六號二樓
電話：02-2917-8022　　傳眞：02-2915-6275
港澳地區　一代匯集
地址：九龍旺角塘尾道64號龍駒企業大廈10樓B&D室
電話：+852-2783-8102　　傳眞：+852-2396-0050
初版一刷　2024年 2月
定　　價　新台幣 230 元
Published and printed in Taiwan

ISBN 978-626-98204-1-2

魔豆

魔豆